Mensch, Rufus!

Das Buch

Siamkater Rufus erkennt sich eines Morgens im Spiegel als Mensch und versteht von diesem Moment auch unsere Sprache. Er nimmt den Leser und seine Schwester Paula mit auf Entdeckungstour in die Welt der Menschen. Durch Lesen, Fernsehen und Ausflüge ins Internet eignet er sich ein umfangreiches Wissen an. Seine Gespräche mit Paula über Alltägliches, menschliches Verhalten, aber auch Musik, Philosophie, Literatur lassen den Leser schmunzeln. Im Laufe der manchmal turbulenten Ereignisse wird es für den Leser völlig normal sein, dass Katzen untereinander sprechen. Von klein auf und so geschickt, dass wir das bis heute noch nicht bemerkt haben.

Der Autor

Lothar Schwengler ist Katzenfreund, Musikliebhaber, leidenschaftlicher Frankreichreisender und engagierter Theatermacher. Der gebürtige Wiesbadener lebt mit Frau, Rufus und Paula in Herdecke an der Ruhr. Nach langjähriger Berufstätigkeit als Pressesprecher in der Industrie hat er sich jetzt einen lang gehegten Wunsch erfüllt und schreibt jetzt Texte der »anderen Art«. Darüber hinaus ist er Schauspieler am Theater am Fluss in Schwerte, zu dessen Mitbegründern er zählt.

Lothar Schwengler

Mensch, Rufus!

© 2010 Lothar Schwengler
Gesetzt aus der Garamond und Calibri
Umschlaggestaltung, Herstellung und Verlag:
Books on Demand GmbH, Norderstedt
Umschlagfoto: Autor
Printed in Germany
ISBN 978-3-8391-5154-9

VIERZEHN MAL RUFUS

Verwandlung	11
Vorleben	17
Vive la France!	21
Berlin Transit	33
Bücherrätsel	41
Selbsterkenntnis	49
Katzen & Co.	55
Schlauchrettung	61
Notlüge	71
World Wide Web	79
Speisepläne	85
Katzenmusik	91
Cat 2.0	105
Sprachwerke	121
Epilog Eins	131
Epilog Zwei	133

Für Liliane, Karel-Marc, Rufus und Paula

Rufus: Wir Katzen sind unfassbar!

Paula: Weil wir geheimnisvolle Wesen sind?

Rufus: Ja. Und das werden wir immer bleiben!

VERWANDLUNG

Rufus hatte eine unruhige Nacht verbracht. Wenn Kater schlecht schlafen, wälzen sie sich nicht herum. Sie schnarchen dann lauter und unregelmäßiger als sonst. Und geben ab und zu fast menschliche Seufzer von sich. Genau wie Rufus in dieser Sommernacht von Samstag auf Sonntag.

Rufus war ein Siamkater von vierzehn Jahren. An diesem Morgen merkte er sofort, dass irgendetwas anders war als sonst. Auch intensives Recken und Strecken konnten das neue Gefühl nicht vertreiben. Rufus wusste noch nicht, dass dieses Etwas sein Katerleben mit einem Schlag radikal verändern würde.

Eher verunsichert als überrascht machte er sich auf den Weg zu seiner Schwester. Paula war viel zierlicher als er und ganz schwarz bis auf ein kleines weißes Haarbüschel am Bauch. Sie lag noch auf ihrem Lieblingsplatz, einem roten, weichen Ledersessel im Hausflur. Elegant und schwarz auf diesem Rot zu liegen, das hatte was.

Paula gefiel es, von dieser Stelle aus den Überblick zu behalten, wer im Haus ein- und ausging. Auch sonntagmorgens, wenn nur der Zeitungsbote ziemlich früh am Briefkasten klappert.

An den anderen Tagen der Woche herrschte hier

dagegen interessant viel Betrieb.

Auf dem Weg zu Paula musste Rufus am großen Spiegel im Flur vorbei, der von der Decke bis zum Boden reichte. An diesem Morgen nahm er zum ersten Mal im Spiegel Umrisse wahr. Wie oft war er schon an dieser Stelle vorbeigelaufen, ohne dass ihm etwas aufgefallen war. Es gab bisher nicht den geringsten Anlass, beim Vorbeigehen den Kopf zu diesem Spiegel hinzuwenden.

Aber heute, warum gerade heute? Er drehte den Kopf nach rechts und sah etwas Großes und Hohes, das sich bewegte. Er blieb stehen, im Spiegel bewegte sich auch nichts mehr. Er ging hin und her. Die gleiche Bewegung im Spiegel. Er hob die rechte Vorderpfote, etwas winkte zurück, nur viel höher. Auch als er seinen Kopf hin und her bewegte, sah er die gleiche Bewegung. Genauso hoch wie er seinen Kopf heben musste, um diejenigen, bei denen er mit seiner Schwester Paula lebte, in die Augen zu schauen, wenn sie zu ihm sprachen.

Im Spiegel sehe ich einen Menschen, schoss es ihm durch den Kopf. Und der Mensch bin ich! Sonst ist ja hier niemand vor dem Spiegel.

»Schwester! Es ist etwas Komisches, nein Großartiges passiert! Ich bin ein Mensch«, rief er noch auf dem Weg zu Paula.

»Quatsch! Wie kommst du denn darauf? Du siehst

aus wie sonst. Gib mal nicht so an!«

»Komm mit in den Flur. Ich zeige es dir.«

Noch atemlos dampfte er wieder ab in Richtung Flur. Paula folgte ihm zum Spiegel.

»Sieh selbst. Ich bin so groß wie ein Mensch. Auf zwei Beinen. Schau genau hin!«

Paula blieb kategorisch: »Du spinnst! Im Spiegel erkenne ich überhaupt nichts. Dich nicht und mich auch nicht. Wir sind so oft hier vorbeigelaufen. Da war nie etwas zu sehen.«

Rufus war verdutzt. Seine Nicht-Existenz im Spiegel traf auch auf ihn zu – allerdings nur bis zu diesem Sonntagmorgen.

Im Spiegel sah er sogar Paula. Genauso klein wie sie neben ihm stand. Und sich selbst nicht mehr so hoch aufgeschossen wie noch vor einigen Minuten, sondern in normaler Größe, aber trotzdem anders. Später, als er sich ausgiebig mit Literatur und Zeitgeschichte befasst hatte, hätte er sein Spiegelbild an diesem Sommermorgen als »Kater mit menschlichen Antlitz« beschrieben.

Ihre Überlegungen wurden plötzlich unterbrochen.

»Rufus! Paula!«, rief es aus der Küche.

Rufus war wie elektrisiert: »Hast du das gehört? Diese Stimme klingt für mich anders als sonst. So klar, so deutlich!«

Paula lachte: »Hat das etwa auch mit deiner seltsa-

13

men Verwandlung von vorhin zu tun?«

Für Rufus stand ein weiteres Ereignis fest: Ich verstehe die Sprache der Menschen!

Paula hatte darauf keine Antwort parat. Wie in ähnlichen Fällen ihrer Rededuelle, bei denen sie eventuell den Kürzeren ziehen würde, wendete sie sich mit erhobenem Schwanz von ihm ab. Der kriegt sich schon wieder ein, dachte sie und lief in Richtung Küche.

Von dort hatte sie heute Morgen schon einige Male das vielversprechende Klappern von Geschirr gehört. Nicht irgendein Geschirr, sondern ihr und Rufus' Schälchen. Diesen besonderen Klang würde sie auch in der lautesten Geräuschkulisse immer heraushören. Sogar von ihrem Sessel im Flur aus. Rufus nannte diese Fähigkeit »selektives Hören«.

Paula fiel auf, dass Rufus zum ersten Mal das Wort »Menschen« gebrauchte. Bisher nannten sie diejenigen, die ihre Schälchen mit Fressen hinstellten, sie streichelten, das Fell bürsteten und zu ihnen sprachen, nur »die da«. Vielleicht war an diesem Morgen doch etwas Außergewöhnliches mit Rufus passiert, dass er dieses neue Wort benutzte.

»Rufus! Paula! Fresschen!«, war noch einmal aus der Küche zu hören. Dieser Tonfall konnte nur Gutes bedeuten, das wussten sie.

Also los. Sie trafen sich an ihren Schälchen. Rufus

am linken, Paula am rechten.

»Wenn meine Vermutung stimmt und ich die Sprache der Menschen verstehe, werde ich alles mitbekommen, was beide sagen, während wir essen.«

»Vielleicht sprechen sie ja über uns«, flüsterte Rufus leise quer über sein Schälchen, so dass Paula es gerade noch hören konnte.

»Warum sprichst du so leise? Meinst du unsere Menschen, wie du sie gerade genannt hast, verstehen seit heute Morgen unsere Sprache?«, maunzte Paula ironisch.

»Nein, nein. Ich habe eben nur mitbekommen, dass wir Rufus und Paula heißen. Wer von uns Rufus oder Paula ist, kriege ich gleich raus.«

Mitten im Schmatzen (es gab wie an jedem Sonntagmorgen gedünsteten Lachs) hatte Rufus eine Idee. »Achtung! Ich mache jetzt einen Test.« Er lief rasch aus der Küche und bog in den Flur ab. Er hatte sich nicht getäuscht.

»Rufus. Was ist? Schmeckt es dir denn nicht?«, rief ein Mensch aus der Küche.

»Ich heiße also Rufus« zischte er Paula zu, als er wieder an seinem Schälchen angekommen war. »Jetzt du. Nur zur Kontrolle!«

Paula startete in Richtung Flur.

»Paula! Du bist noch nicht fertig!«, rief es wieder.

»Wie erwartet, du bist Paula. Ab sofort nenne ich

15

dich nicht mehr Schwester, sondern nur Paula.«

Paula gefiel dieser Name sehr gut.

»OK, Bruderherz, pardon Rufus, ich bin dann ab sofort Paula.«

Eine halbe Stunde später hatte Rufus auch die Namen der beiden Menschen, bei denen sie seit dreizehn Jahren zu Hause waren, herausbekommen.

»Die mit den langen, blonden Haaren und der hellen Stimme heißt Anne. Und der andere ist Oliver. Ab heute, dem Tag meiner Verwandlung, beginnt ein neues Leben«, jubelte Rufus.

Zwei Katzen, ein Gedanke: Auch Paula hatte das Gefühl, dass sich ihr Zusammenleben mit Anne und Oliver ab jetzt grundlegend ändern würde, und stellte höchst pathetisch fest: »Heute betreten wir die Welt der Menschen!«

Im Überschwang vergaß Paula, dass sie ohne Rufus nicht mehr mitkriegen würde als bisher. Alle Erkenntnisse über die Menschen und die Welt, in der sie leben, werden von Rufus und dessen Beobachtungen abhängen.

Sie ahnte schon, dass Rufus mit seinen ebenso ungewöhnlichen wie amüsanten Schlussfolgerungen mehr als einmal völlig danebenliegen würde.

VORLEBEN

Rufus konnte sich an nichts erinnern, das sich vor diesem Sonntagmorgen ereignet hatte. Seine Erinnerungen starteten immer genau in dem Moment, als er sein Spiegelbild im Flur erblickte.

Aber dieses Vorleben, wie er es nannte, war für beide höchst interessant. Sie wollten möglichst viel aus dieser Zeit erfahren.

»Wir müssen durch geschicktes Vorgehen Anne und Oliver dazu bringen, Geschichten aus unserem Vorleben zu erzählen, schlug Rufus vor.

»Und wie sollen wir das machen?«

»Indem wir unerwartet plötzlich irgendwelche Sachen machen: uns jagen, etwas vom Tisch klauen, uns mit den Krallen unter dem Sofa entlang hangeln oder so. Am besten wenn Besuch da ist.«

»Ich weiß ungefähr, was du meinst. Aber warum am besten, wenn jemand zu Besuch ist?«

»Weil Anne und Oliver sich nicht gegenseitig Geschichten über uns erzählen, die jeder von beiden schon kennt.«

»Leuchtet ein.«

»Nach den ersten Erfolgen werden wir unsere Strategie anpassen und ständig verfeinern.«

»Was? Wie?«

»Lass mal! Das klappt schon.«

Ihr Plan haute perfekt hin.

Wenn Anne und Oliver Besuch hatten, lenkte Rufus geschickt die Aufmerksamkeit auf sich.

Er strich um die Beine der Besucher, sprang gekonnt auf deren Schoß, wälzte sich wie völlig überdreht auf dem Boden, rannte die Treppe herauf und herunter oder versuchte, Paula zum Herumtollen mit ihm zu bewegen. Auch der Einsatz eines stark variierenden Minenspiels, mit dem er Interesse, Mitgefühl oder Bewunderung der Besucher immer gewann, war Bestandteil seines Repertoires. Wie erhofft, fielen Anne und Oliver dazu abwechselnd Begebenheiten und Anekdoten ein.

Besonders viele Geschichten waren fällig, wenn Marco bei seinen Eltern zu Besuch war. Er hatte Paula und Rufus während ihrer ersten Lebensmonate in Toulouse großgezogen und erzählte die Abenteuer der beiden immer von selbst. Rufus konnte sich in diesem besonderen Fall seine gezielten Provokationen für andere Gelegenheiten aufsparen.

Auf diese Weise entstand bei Rufus im Laufe der Zeit ein umfassendes Bild aus lustigen, traurigen und unglaublichen Ereignissen, die er in allen Einzelheiten an seine Schwester weitererzählte.

Paula war bei den Original-Erzählungen zwar immer dabei, nahm aber nur eine Geräuschkulisse oder das vertraute Gemurmel von Menschen wahr. Sie döste meistens vor sich hin, riskierte aber sofort ein Auge, wenn Rufus plötzlich mit einer Pfote mehrmals auf den Teppichboden haute, sich dreimal wälzte und total begeistert ausrief: »Genau!«, »Unglaublich!« oder »Genial!«

Seine Schwester vermutete richtig, dass es sich dabei nur um Erzählungen mit Rufus in der Hauptrolle handeln konnte.

Es gab auch Momente, in denen er ziemlich ruhig dasaß. Paula konnte aus der allgemeinen Stimmung deuten, dass es in diesen Fällen um traurige Ereignisse ging. Bei dem größten Teil der Berichte überwogen jedoch die echten und vermeintlichen Heldentaten ihres allseits bewunderten Bruders.

Auffallen um jeden Preis. Daran hat sich bis heute nichts geändert, dachte sie.

»Wir haben uns damit ein solides Backgroundwissen über unsere bisherige gemeinsame Biografie geschaffen«, sagte Rufus stolz, als er nach einiger Zeit mit Paula die stattliche Anzahl von Geschichten Revue passieren ließ.

Warum musste er das immer so hochtrabend ausdrücken, ärgerte sich Paula ein wenig. Das hatte er bisher auch nicht gemacht.

Wie alle Katzen hatten Rufus und Paula von ganz

klein auf miteinander gesprochen. Und mit ihren Geschwistern natürlich auch, solange sie noch mit ihnen zusammen waren. Da ging es nicht um solche Stories wie jetzt, sondern mehr um Praktisches und Alltägliches in ihrer Katzenwelt.

Jetzt redet er über ganz andere Sachen. Er hat eben viel dazu gelernt, tröstete sich Paula.

VIVE LA FRANCE!

Rufus und Paula wurden als waschechte Franzosen geboren. Sie stammten aus einem Wurf von fünf Katzen, die alle Marco ihr Leben verdanken. Er hatte ihrer Mutter Pauline eine sichere Unterkunft gegeben und die Kleinen so vor dem Tod bewahrt.

Marco war damals für ein Jahr nach Toulouse zum Studium gekommen. Seine Wohnung war für Studentenverhältnisse ideal: Sie lag zentral in der Altstadt, er brauchte keine Möbel zu kaufen und seine Eltern bürgten gegenüber dem meist schlecht gelaunten Monsieur Quentin für die pünktliche Zahlung der Miete.

Pauline war die Hauskatze in der Rue des Gestes, Nummer 14. In der engen und belebten Straße mit Geschäften und Restaurants herrschte bis in den späten Abend viel Betrieb. Wenn sie nicht unterwegs war, hatte Pauline ihren Beobachtungsposten am Eingang des Hinterhofes. Die wenigen Mieter fanden immer ein paar freundliche Worte, weil Pauline sie zur Begrüßung immer so lieb ansah. Eigentlich gehörte sie Monsieur Quentin, der sich nicht besonders um sie kümmerte und einfach sich selbst überließ, wenn er verreiste.

Pauline kam oft in Marcos Wohnung im dritten Stock. Oft über das Treppenhaus, meistens aber über das Dach des Nachbargebäudes. Sie blieb nicht sehr lange und kam eher mehrmals am Tag, denn am Ende eines jeden Besuches bekam sie von Marco »Cric-cracs«. Pauline bedankte sich jedes Mal mit geräuschvollem Knacken der Leckerlis.

Seit Marco im Haus wohnte, ging Pauline nur noch selten zu anderen Mietern. Wenn er spät von Vorlesungen kam oder mit Freunden essen war, wartete sie geduldig vor der Wohnungstür. Andererseits war Marco richtig enttäuscht, wenn sie ihn nicht erwartete. Er hatte sie auf Erkundungsgängen auch außerhalb der Fußgängerzone gesehen. Dort konnte es auch für sehr erfahrene Stadtkatzen gefährlich werden. Er war daher immer erleichtert, als sie spät abends doch noch vor seinem Fenster auftauchte.

Als Marco aus den Weihnachtsferien nach Toulouse zurückgekehrt war, fand er Pauline anhänglicher als sonst. Kaum saß er auf der Couch oder in einem Sessel, sprang sie auf seinen Schoß.
»Dem Schnurren nach zu urteilen, fühlst du dich bei mir wohl«, sagte er und sah, wie Pauline ihre Augen halb geschlossen hatte und ihn nur durch einen schmalen grünen Schlitz ansah. Diese Mo-

mente zählten für ihn zu den schönsten Erinnerungen an seine Zeit in Toulouse.

Von einem Tag auf den anderen hielt Pauline nichts mehr in der Wohnung. Im Februar war sie sogar die ganze Nacht über unterwegs. Morgens stand sie vor dem Fenster und bettelte um Einlass. Wenn Marco an diesem Tag kurz darauf zur Uni musste, konnte sie nicht lange bei ihm bleiben. So war er öfters gezwungen, sie mit sanfter Gewalt und unter lauten Miau-Protest vor die Wohnungstür zu bugsieren.

Jeden Morgen brachte er das aber nicht übers Herz und ließ das Fenster trotz Kälte so weit offen, dass Pauline über das Nachbardach ein- und ausgehen konnte.

Marco bemerkte, dass Pauline immer runder wurde. Seit einiger Zeit fraß sie morgens und abends regelmäßig bei ihm. Er war aber nicht der Meinung, dass er ihr zu viel zum Fressen gegeben hätte. Als sie wieder einmal auf seinem Schoß lag und er sie streichelte, war er sich sicher: Das ist keine Fettwampe. Pauline bekommt Junge!

»Na, Katzenmama in spe. Hast du dir schon mal überlegt, wie das alles werden soll? Auf jeden Fall kommt Leben in die Nummer 14. Aber wann ist es soweit?« Pauline schaute Marco an und verstand nur, dass es diese sanfte Stimme nur gut mit ihr meinen konnte.

»Was machen wir mit Monsieur Quentin? Wir kommen nicht darum herum, es ihm zu sagen. Denn schließlich bist du ja seine Katze …«

Pauline rollte sich auf seinem Schoß noch enger ein und zeigte ihm demonstrativ, wo sie sich am wohlsten fühlte.

»Auch eine Antwort. Wir kriegen das hin, meine Kleine.«

Am nächsten Tag nach der Uni klingelte Marco bei Monsieur Quentin und schilderte ihm das bevorstehende freudige Ereignis. Und ließ durchblicken, dass er sich um Pauline kümmern und die Kleinen bei sich aufnehmen wollte, bis sie groß genug zum Weggeben wären.

»Ausgeschlossen, das gibt nur Dreck! Und das in meiner Wohnung! Außerdem ist es nicht das erste Mal, dass Pauline mich mit jungen Katzen beglückt. Zweimal habe ich schon kurzen Prozess gemacht. Wenn es soweit ist, sag mir Bescheid. Dann hole ich die Kleinen ab.«

In Marcos Kopf lief ein Horrorfilm ab, was das für ihn, Pauline und die Kleinen bedeuten würde.

In diesem Augenblick (es war genau der richtige!) kam Pauline freudig die Treppe hochgelaufen und begann, um Monsieur Quentins Beine zu streichen. Du hast überhaupt keine Ahnung, was das für einer ist, dachte Marco.

»Also Monsieur Quentin. Ich sehe da kein Problem. Ich habe schon oft Katzen großgezogen. Wir hatten zu Hause immer Katzen«, übertrieb Marco.

Es dauerte noch eine Weile, bis Monsieur Quentin einverstanden war, dass Marco sich bis auf Weiteres um Pauline und deren Nachwuchs kümmerte.

Marco schnappte sich Pauline und brachte sie in seiner Wohnung in Sicherheit.

»Das hätten wir geschafft.« Er drückte Pauline kurz an sich, bevor er sie in dem Körbchen absetzte, das er vor kurzem für sie gekauft hatte.

Ab diesem Tag ließ er sie nicht mehr aus seiner Wohnung. Er hatte Angst um Pauline und ihre Kleinen.

Pauline verstand das aber nicht, kratzte am Fensterbrett und schaute sehnsüchtig auf ihr Reich. Französische Altstadtdächer sind hochinteressant. Das war ihr Revier!

»Da musst du jetzt durch, Pauline. Es ist zu deinem Besten. Deinem Monsieur Quentin kann ich jetzt nicht mehr trauen.« Pauline schaute ihn an und blinzelte. Als ob du das jetzt verstanden hättest, dachte Marco. Ganz geheuer war ihm bei dem Gedanken, worauf er sich eingelassen hatte, nicht.

Pauline wurde von Tag zu Tag runder. Höchste Zeit, sich über Katzengeburt schlau zu machen. Als erstes besorgte er sich von einer französischen Freundin eine Wurfkiste. Mireille wusste über Katzen sehr gut Bescheid und wurde in kurzer Zeit zu seiner Katzenberaterin.

Pauline wurde unruhiger und lief scheinbar planlos in der kleinen Wohnung umher. Aus verschiedenen Ecken der Wohnung kamen seltsame Laute, die Marco von Pauline bisher noch nicht gehört hatte.

»Sie sucht ein Plätzchen für sich und die Kleinen, Marco.«

»Aber ich habe doch extra diese Kiste …«.

»Sie sucht sich die richtige Stelle lieber selbst aus«, sprach die Katzenspezialistin.

Und dieses Plätzchen fand sie schließlich unter seinem Bett.

Die Geburt bekam Marco nicht mit. Er war in der Uni. Pauline, die routinierte Mutter, erledigte das alles allein.

Es war ein ungewöhnlicher Wurf: zwei schwarze und zwei schneeweiße Katzen und ein Kater. Sein Fell war beige und zeigte schon die charakteristischen, dunklen Abzeichen im Gesicht, an den Pfoten und am Schwanz, die ihn allmählich zu einem Siamkater Modell »Sealpoint« werden ließen.

Marco und Mireille gaben ihnen die Namen Paula,

Isabelle, Geraldine, Annabelle und Rufus.

Nach einiger Zeit schleppte Pauline ihren Nachwuchs in die Wurfkiste. Marco konnte den Tagesablauf bei Pauline & Co. jetzt viel besser verfolgen.

Rufus fiel sehr früh auf.

Er war mit der Regel, dass Katzenkinder an Mamas Milchbar einen Stammplatz haben, keinesfalls einverstanden. Er hechtete mit einem unüberhörbaren »Platz da!« grundsätzlich zu einer Zapfstelle, an der schon eine Schwester genüsslich saugte. Sein Vorgehen war für ihn ziemlich kräftezehrend, denn seine Schwestern räumten ihren Platz nicht sofort und wehrten sich mit allen vier Pfoten.

Später, als die Jungschar schon festes Futter fraß, wollte Rufus partout aus einem schon belegten Schälchen fressen und drängte auch hier seine Schwestern beiseite.

Seltsamerweise war Rufus das letzte ihrer Kinder, dem Pauline vehement ihre versiegende Milchbar verweigern musste. Er schlich danach immer beleidigt in eine Zimmerecke.

»Muttersöhnchen, Müttersöhnchen!«, spotteten die vier Schwestern im Chor, als ob sie sich so für seine früheren Raufereien hätten rächen wollten.

Mittlerweile waren vier Monate vergangen. Pauline kam weiterhin zu Marco, schaute aber nur noch gelegentlich nach ihren Jungen. Marco konnte es auf den Dächern deutlich hören: Pauline hatte sich erneut ihren Verehrern unter den Altstadtkatern zugewandt.

Die letzten vier Wochen von Marcos Zeit in Toulouse waren angebrochen. Kurz vor der Abreise ließ Monsieur Quentin Marco wissen, dass er Pauline nicht wiederhaben wollte. Und die Kätzchen schon überhaupt nicht. Das wäre nun allein Marcos Sache.

Damit musste für insgesamt sechs Katzen eine Lösung gefunden werden.

Mireille konnte helfen: Ihr Onkel besaß in Girmont bei Toulouse einen Bauernhof, auf dem Pauline und Geraldine ein neues Zuhause fanden. Sie hatte nach dem Umzug noch einige Male nach Pauline und Tochter geschaut und konnte Marco versichern, dass das Leben dort im Vergleich zum Zuhause bei Monsieur Quentin die bessere Lösung war.

Was den Rest der Katzenfamilie betraf, stand Marcos Entschluss fest: Rufus, Paula, Annabelle und Isabelle gehen mit auf große Fahrt nach Berlin.

Viel Platz war im Clio nicht, aber die Katzen fühlten sich sehr wohl. Auf der Rückbank hatte Marco ein gemütliches Lager gebaut, das Katzenklo stand auf dem Boden vor dem Beifahrersitz und Fressen gab es in den Pausen.

Während der Fahrt wurde es für Marco auf Dauer nervig, wenn die Katzen auf ihm und im ganzen Auto herumturnten. Rufus war (natürlich) unternehmungslustiger als seine Schwestern und glänzte mit akrobatischen Aktionen im gesamten Auto. Auf seinem Lieblingsplatz, der Ablage im Armaturenbrett, hielt er sich erstaunlich gut und beobachtete durch die Frontscheibe die Straße.

»Hey, Leute. Ihr wisst gar nicht, was euch entgeht«, rief er seinen drei Schwestern übermütig zu, und schon war er wieder einmal auf dem Beifahrersitz gelandet.

Rufus fand es total lustig, als Marco begann, mit der Hand auf das Lenkrad zu klopfen. Mit der Zeit entwickelte sich daraus ein ausgeprägtes Stakkato. Marco hatte bald auch einen passenden Text parat: Berlin, Berlin. Wir fahren nach Berlin! Berlin, Berlin. Wir fahren nach Berlin!

Total cooler Sound, fand Rufus und brachte sogar seine Schwestern dazu, mit ihm im Takt zu nicken. Der Fahrer wunderte sich über die plötzliche rhythmische Bewegung unter seinen Passagieren.

Marco hatte auf der Fahrt viel Zeit zum Überlegen. Sollte er alle vier Katzen behalten? In der langen Katzenkinderstube in Toulouse hatte er alle vier liebgewonnen. Und wie ein »richtiger« Vater war er nicht in der Lage zu sagen, welches Kind ihm am liebsten wäre. Die Trennung von Pauline und Geraldine war ihm schon schwer genug gefallen.

Die Wohnung, in der seine Freundin Elsa während seiner Abwesenheit gewohnt hatte, war groß genug. Elsa war eine Katzennärrin. Aber vier Katzen auf einen Schlag? Vielleicht sollten sie doch zwei Kätzchen an gute Bekannte abgeben.

Marco schaute sich das Gewusel im Auto an. Mit einem klitzekleinen Vorsprung war er besonders von Rufus beeindruckt.

Sein Entschluss stand rasch fest: Wenn ich Katzen behalte, ist Rufus auf jeden Fall dabei. Sein Blick fiel auf Paula, die auf dem Beifahrersitz hingebungsvoll das rechte Ohr ihres Bruders leckte.

»Du wirst ihm Gesellschaft leisten, Paula«, sagte er und wurde sich sofort bewusst, was das für Annabelle und Isabelle bedeutete.

Rufus und Paula schauten ihn für einen kurzen Moment an. Hatten beide ihm da eben zugenickt? »Verstanden. Ihr beide bleibt auf jeden Fall bei mir.«

»Ich habe das Gefühl, dass eben für uns beide eine wichtige Entscheidung gefallen ist«, sagte Rufus zu Paula. Sie hatte nicht verstanden, was Rufus meinte und schaute ihn fragend an.

»Es ist alles in Ordnung, Schwester. Du und ich werden es bei ihm da gut haben«, flüsterte er ihr ins Ohr und zeigte mit der Pfote auf Marco. An seine beiden anderen Schwestern, die auf der Rückbank eng aneinander geschmiegt schliefen, dachte er in diesem Moment nicht.

Zu diesem Zeitpunkt war der ungewöhnliche Transport schon auf der Berliner Stadtautobahn unterwegs.

BERLIN TRANSIT

Die Wohnung in Berlin hatte einen Balkon, von dem man den Straßenverkehr gut beobachten konnte. Rufus saß dort stundenlang und fragte sich, was er da unten vor dem Haus alles sah.

Bereits drei Tage nach Ankunft in Berlin stand eine Trennung bevor: Elsa brachte Annabelle zu ihren Eltern an den Wannsee. Isabelle wurde von einer Tante aus dem Brandenburgischen abgeholt. Marco und Elsa haben beide später nicht mehr besucht. Sie hatten ein ziemlich schlechtes Gewissen, weil sie die Geschwister getrennt hatten. Sie trösteten sich damit, dass auch beim besten Züchter irgendwann die Zeit der Trennung käme. Wichtig war, dass die Kätzchen ihre Mutter lang genug gehabt hatten.

Bei Rufus und Paula gab es keine Anzeichen, dass sie ihre Schwestern vermissten.

Die neue Wohnung in Berlin fanden beide in Ordnung: viel Platz zum Tollen und eine interessante Möbellandschaft zum Klettern. Doch immer wenn es an der Wohnungstür klingelte, waren beide Katzen auf einen Schlag verschwunden. Paula bezog mit zwei kurzen Sprüngen ihren Beobachtungsposten auf einem Schrank. Rufus verschwand zwischen

Couch und Fußboden. Da er immer noch größer und dicker wurde, fiel es ihm mit der Zeit schwerer, sich unter die Couch zu zwängen. Auf die Idee, sich ein anderes Plätzchen zu suchen, kam er aber nicht.

Wenn Paula sich darüber lustig machte, konterte er: »Sicher ist sicher!« Das stimmte, aber viel bekam er aus dieser Position im Gegensatz zu Paula nicht mit.

War der Besuch wieder gegangen, stellte Rufus mit einer lässigen Pfotenbewegung fest, dass sie sich eigentlich nicht hätten verstecken müssen. Denn meistens handelte es sich um einen ausgesprochenen Katzenfan, mit dem sie sich im Laufe des Besuches sogar angefreundet hätten oder den Paketboten, der sich nur kurz an der Tür aufhielt.

Trotzdem wiederholte sich beim nächsten Klingeln alles genauso.

Anne und Oliver hatten den Besuch bei ihrem Sohn Marco seit Wochen angekündigt. Sie kamen auch wegen Rufus und Paula nach Berlin, denn sie kannten die beiden noch nicht einmal von einem Foto. Als es klingelte, angelte sich Rufus gerade eine Scheibe Putenbrustfilet vom Küchentisch. Paula lag maximal ausgestreckt auf der Couch und drehte ein Ohr in Richtung Flur.

»Das sind bestimmt meine Eltern«, rief Marco. »Ich hoffe du bist präsentabel.«

Elsa gab ihm einen sanften Tritt, denn sie wusste, was er damit sagen wollte: Mütter sind recht kritisch, wenn es um die Freundinnen ihrer Söhne geht. Oliver sah das nicht so eng und fragte sich nicht, ob sie kochen oder die Wohnung sauber halten könnten oder so etwas. Bei seiner Urteilsfindung verließ er sich lieber auf seine Augen. Dass sein Sohn und Elsa gut zusammenpassten, hatte Marco ihn frühzeitig mit einem Augenzwinkern wissen lassen.

Noch im Flur fragte Anne: »Wo sind denn die beiden Katzen?«

»Mum! Die kommen doch nicht wie Hunde angelaufen, um den Besuch schwanzwedelnd zu begrüßen! Katzen sind da vornehm zurückhaltend. Und unsere beiden Helden verstecken sich immer, wenn es klingelt.«

Nach dem ersten Schluck Prosecco fragte Anne erneut: »Paula! Rufus! Wo seid ihr?«

»Du sitzt gerade auf Rufus. Er kriecht immer unter die Couch. Aber das wird heute wahrscheinlich nix mehr. Die kommen erst aus ihrem Versteck, wenn ihr wieder weg seid«, erklärte Marco in seiner bekannt diplomatischen Art.

Falsch! Denn in diesem Moment landete Rufus

sehr elegant auf Annes Schoß und begann, sich mit den Knöpfen der Kostümjacke zu beschäftigen.

»Du bist aber ein Süßer! Du hast ja gar keine Angst vor deiner Oma«, sagte Anne.

»Wieso Oma?«, fragte Marco.

»Du bist der Daddy von Rufus und Paula. Dann bin ich die Oma. Klaro?«

Marco und Elsa schauten sich an und verdrehten die Augen. Eltern!

Paula hatte diese Szene von ihrem Schrank aus beobachtet. Ihr sicheres Plätzchen wollte sie zunächst nicht verlassen und akzeptierte auch dieses Mal, dass Rufus der Mutigere von beiden war und prompt im Mittelpunkt stand.

Mein Bruder scheint sich auf Annes Schoß recht wohl zu fühlen, stellte sie fest. Alles entspannt und vertrauenserweckend.

»Komm ruhig runter, Schwester. Die beiden sind in Ordnung«, machte Rufus Paula Mut.

Einige Minuten später turnte sie vom Schrank, schnupperte ausgiebig an Olivers und Annes Schuhen und strich mit wohlwollendem Schnurren um deren Beine.

Anne betrachtete die Katzen. »Paula ist viel kleiner und zierlicher als Rufus. Komisch. Ein Siamkater und eine schwarze Katze aus demselben Wurf. Waren da nicht auch noch zwei weiße dabei? Wie ist sowas überhaupt möglich?«

Marco konnte auf Mireilles Wissen zurückgreifen: »Man nennt das Überschwängerung oder Superfecundation.«

»Gibt es das auch bei Menschen?«, fragte Anne sehr interessiert.

»Ja, aber sehr selten. Eine Frau bringt dann Zwillinge von verschiedenen Vätern zur Welt. Das fällt natürlich bei unterschiedlicher Hautfarbe am deutlichsten auf. Einen entsprechenden Lebenswandel vorausgesetzt ...«

Oliver musste lachen. »Tja, das Leben im Süden.«

»Männer!« seufzte Anne, fand aber in Elsa keine Verbündete.

Anne und Oliver wussten an diesem Nachmittag noch nicht, dass es wenige Wochen nach ihrem Besuch in Berlin zwischen Marco und Elsa zum Bruch kam. Kurz danach stand ihr Sohnemann mit Rufus und Paula bei ihnen vor der Tür.

»Es ist nur für eine Nacht.« Marco meinte es ehrlich, obwohl er noch keinen Plan hatte, wie es mit den beiden Katzen und ihm weitergehen sollte.

Rufus und Paula nutzen ihre Chance: Sie schliefen diese Nacht mitten auf dem Ehebett und schnurrten sich in Olivers und Annes Herzen.

Am nächsten Morgen eröffnete Oliver seinem

Sohn: »Die Katzen bleiben hier!«

Marco, der eine Woche später seine erste Stelle in Bordeaux antreten musste, war über diese Wendung nicht unglücklich. »Ich hole sie bestimmt ab, wenn ich eine neue Wohnung habe.«

Es kam anders: Marcos neue Freundin war allergisch gegen Katzen, und Marco bat um Verschiebung des fest zugesagten Katzentransfers.

Jetzt waren es schon drei, die mit dieser Entwicklung hochzufrieden waren: Rufus und Paula gefiel es im neuen Heim bestens. Und Oliver musste sich kein Argument mehr einfallen lassen, warum die Katzen bleiben sollten, wo sie waren.

Von dieser Nacht an lebten Rufus und Paula bei Anne und Oliver. Beide hatten sich eigentlich vorgenommen, nach dem Tod ihrer Katze Tatum, der erst zwei Monate zurücklag, nie wieder ein Haustier zu sich zu nehmen. Freunde und Bekannte konnten sich dies nicht vorstellen: »Das schafft ihr nicht …« Und behielten recht.

Rufus und Paula waren damit in einer katzenerfahrenen Familie gelandet. Als Konferenzdolmetscherin war Anne öfters für mehrere Tage unterwegs, Oliver konnte jedoch die Betreuung von Haustieren in sein Berufsleben gut einbauen, wie er es nannte. Als Schauspieler hatte er ein festes Engagement am Schauspielhaus in Dortmund. Gastrollen an anderen Theatern hielten sich daher in Grenzen. Zwischen dem Rollenstudium zu Hause, den Proben und den Vorstellungen würde er genug Zeit für die neuen Mitbewohner haben.

Von diesem Einzug ins neue Heim bis zu jenem Sonntagmorgen, dem Tag von Rufus' Verwandlung, vergingen immerhin dreizehn Jahre. Und genau von da an nahmen auch die rätselhaften Ereignisse im Haus zu.

BÜCHERRÄTSEL

»Findest du es nicht seltsam, dass in letzter Zeit öfters Bücher in der Bibliothek auf dem Boden herumliegen?«, wunderte sich Anne und stellte das *Große Wörterbuch der Philosophie* ins Regal zurück.

»Ist mir auch aufgefallen. Und vorgestern habe ich den *Faust* aufgehoben. Habe mir aber nichts dabei gedacht«.

»Wie immer.«

Rufus, der auf einer schwarzen, mit weißen Hundepfoten (!) verzierten Decke in einer Ecke der Bibliothek vor sich hin döste, registrierte interessiert die steigende Spannung. Ein kleiner Streit? Er drehte die Ohren in Richtung Anne und Oliver.

»Vielleicht haben unsere Enkelinnen sich für die Bücher interessiert.«

»Die sind aber seit letzter Woche nicht mehr hier. Mit Philosophie und dem *Faust* haben die auch nichts am Hut.«

»Bei der Intelligenz, die sie von mir geerbt haben, würde ich das nicht so einfach von der Hand weisen.« Anne wusste, dass sie ihn mit einer solchen Bemerkung ärgern konnte.

»Ja, ja. Frau Superschlau-Vererberin«, sagte Oliver und verließ zur Vermeidung weiterer Diskussionen die Bibliothek.

»Gut, dass ihr nicht alles wisst!« Auf seiner Decke fühlte sich Rufus sicher. Seine nächtliche Lektüre war aufgeflogen …

Außer den von Anne und Oliver genannten Büchern hatte er auch schon im *Großen Weltatlas* geblättert. Sein im wahrsten Sinne des Wortes bisher schwerstes Vorhaben.

Mittlerweile war Paula in der Bibliothek eingetroffen: »Was ist hier los?«

»Sie haben mich beinahe beim Lesen erwischt.«

»Wobei?«

»Beim Lesen.«

»Lesen? Was ist das denn?«

»Die Menschen schreiben ihre Gedanken und Ideen in Büchern nieder. Wenn man die dann liest, erfährt man, was der Schreiber gedacht hat oder damit sagen wollte.«

»Und du kannst das dann lesen?«

»Yep! Das ist eine intellektuell anspruchsvolle Tätigkeit. Ich liege eben nicht den ganzen Tag herum. Mittlerweile muss ich an die zwei Meter Bücher geschafft haben«, sagte er stolz und sprang zur Darstellung dieser Leseleistung die entsprechende Strecke mit drei eleganten Sätzen ab.

»Sieht nach viel aus. Trotzdem Angeber! Und wie kommst du an die Bücher heran?«

»Schau her: Mit dieser Kralle der linken Pfote kurz

hinter den Buchrücken gehakt. Zack. Und schon liegt mir die Lektüre zu Pfoten.«

»Und dann?«

»Die Seiten kann ich sehr gut umblättern. Taschenbücher und kleinere Formate machen mir allerdings einige Schwierigkeiten. Die Wälzer, in denen die anspruchsvollen Themen behandelt werden, für die ich mich vorzugsweise interessiere, lege ich flach auf den Fußboden. So kann ich einigermaßen bequem lesen und umblättern.«

»Wie lange liest du an einem Buch?«

»Kommt darauf an. Manchmal sind es mehrere Nächte hintereinander. Ich lese natürlich auch tagsüber, wenn niemand da ist. Ich gehe sehr diskret vor. Anscheinend hast auch du nichts davon mitgekriegt. Wenn die Zeitung auf dem Tisch aufgeschlagen liegt, setze ich mich mitten auf meinen Lesestoff. Das macht Spaß!«

Paula hatte eine technische Frage: »Und wie stellst du die Bücher zurück ins Regal?«

Rufus druckste herum. »Das kann ich nicht. Deshalb wundert Anne sich ja über die Bücher auf dem Boden. Einige habe ich nach dem Lesen dicht an die Wand geschoben. Die Putzfrau stellt sie natürlich immer kommentarlos zurück. Sie meint, Oliver hat sie herumliegen lassen.«

»Kann ich dir beim Lesen helfen?«

Rufus war in Gedanken schon weiter und überlegte, wie er es anstellen sollte, sich heute Abend das *Panorama des zeitgenössischen Denkens* zu angeln. Diese Lektüre hatte er sich für das kommende Wochenende vorgenommen.

»Soll ich dir jetzt helfen oder nicht?«, fragte Paula noch einmal.

»Danke für das Angebot. Ich weiß noch nicht genau, wie wir da vorgehen sollen. Jetzt wo Anne und Oliver vorgewarnt sind, ist höchste Vorsicht geboten.«

»Wäre es denn schlimm, wenn herauskommt, dass du die Bücher genommen hast? Dann wüssten sie halt, dass du lesen kannst.«

»Selbst wenn! Das können die nicht glauben. Das wäre ungeheuerlich. Noch nie da gewesen. Ein kosmisches Ereignis.«

Paula war sich plötzlich der Tragweite der neuen Fähigkeiten ihres Bruders bewusst. »Du wirst berühmt. Alle Freunde und Bekannte von Anne und Oliver kommen, um den klugen Kater Rufus zu bestaunen.«

»Denkbar wären sogar Auftritte bei Talkshows im Fernsehen«, ergänzte Rufus.

»Fernsehen?«

»Das ist der flimmernde Kasten, vor dem Anne und Oliver abends sitzen und Wein trinken.« Das musste vorerst als Erklärung reichen.

Rufus dachte über mögliche Auftritte im Fernsehen nach. Ich verstehe die Sprache der Menschen, kann mich aber nicht äußern. Bei Fragen einfach zu nicken oder den Kopf zu schütteln, reicht mir nicht. Ich bin doch keine Jahrmarktsensation. Zu zahlreichen Themen habe ich eine viel zu differenzierte Meinung. Zudem sehe ich weit und breit kein Sendeformat, das meinen Ansprüchen gerecht wird. Damit war für ihn das Thema Fernsehen erledigt.

»Was ist jetzt?« Paula ließ nicht locker.

»Ich halte ein Outing zurzeit nicht für angebracht. Es ist viel interessanter, wenn niemand weiß, dass ich diese Fähigkeiten habe. Ich werde also weiterhin undercover agieren. Und damit basta!«

»Unser Basta-Kater!« Paula kugelte sich zweimal. Das weiße Haarbüschel auf ihrem Bauch blitzte kurz auf. Meistens ließ sich Rufus zu einem Ausruf wie »charmant« oder »wie reizend« hinreißen. Dieses Mal stellte er sich vor Paula in Positur und verkündete mit bedeutender Geste: »Es geht darum, die unbeeinflussten, realen Verhältnisse wahrzunehmen, zu analysieren und daraus Schlussfolgerungen zu konstatieren. Kurzum die Menschen und die Welt, in der wir mit ihnen leben, zu verstehen.«

»Aha«, sagte Paula. Wie immer, wenn sie nichts gerafft hatte.

Da fiel ihr ein: »Warum erzählst du mir eigentlich nichts von dem, was du gelesen hast. Ich möchte auch was mitkriegen, wenn du schon die ganze Zeit wahrnimmst, analysierst und komatierst.«

»Konstatierst!«, sagte Rufus und verdrehte die Augen.

»Du behandelst mich jetzt wieder, als ob ich doof wäre. Das ist gemein. Ich weiß weniger als du. Das gebe ich ja zu, aber deshalb bin ich noch lange nicht doof!«

Rufus sah ein, dass er etwas zu weit gegangen war und brachte sogar ein leise hingehauchtes »Sorry« zustande.

»Also was liest du?«

»Im Grunde alles und nichts.«

»Hä?«

»Ich habe noch nicht entschieden, ob ich mich in Richtung Generalist bewegen soll?«

»Bundeswehr?«

»Mensch Paula! Generalist bedeutet, dass man von viel wenig weiß. Und Spezialist ist jemand, der von wenig viel weiß. Sein Wissen geht also mehr in die Tiefe.«

»Und was ist besser?«

»Für das tägliche Leben halte ich Generalist für praktischer. Mit meiner so erworbenen exzellenten Allgemeinbildung kann ich als Kater sehr gut leben.

Du darfst nicht vergessen, dass ich mir in kurzer Zeit sehr viel Wissen aneignen musste und immer noch viel nachzuholen habe.«

»Das leuchtet ein. Und wie hast du das gemacht?«

»Lesen. Lesen. Lesen. Ich habe mich hauptsächlich mit Belletristik, Sachbüchern, ein bisschen Drama und Lyrik, Philosophie, Geschichte, Zoologie und Musik beschäftigt. Neben dem Lesen gilt es, alles genau zu beobachten, was um uns herum geschieht. Und ich habe ferngesehen, entweder mit Anne und Oliver oder heimlich. Jetzt weiß ich viel aus dem Effeff, aber es gibt auch Dinge, mit denen ich null anfangen kann.«

Paula wunderte sich. Rufus hatte nicht wie sonst seine Leistungen mit großen Worten beschrieben oder mit seinem Wissen geprotzt. Irgendetwas bewegte ihn.

»Was hast du nicht verstanden?«, fragte Paula vorsichtig.

»Es sind diese vier Dinge: Liebe, Tod, Arbeit und Fußball. Ich weiß nicht, ob wir als Tiere überhaupt etwas darüber wissen müssen. Vielleicht betrifft es uns gar nicht.« Rufus wurde nachdenklich.

Paula versuchte, ihn aufzuheitern. »Wir haben doch ein ruhiges Leben. Was ich nicht weiß, macht mich nicht heiß, hattest du einmal zu mir gesagt. Warum über den Sinn der Dinge so viel nachdenken, wenn man zufrieden ist. Denn das bin ich. Und wenn ich dann wüsste, wie es sein könnte und ich es nicht wahrmachen kann, kommen Frust und Mutlosigkeit auf. Ich will jedenfalls nicht wissen, wie es besser wäre.«

Paula machte bei dem Wort »besser« mit einer Pfote das »Tüttelchen-Zeigen«, das Rufus sehr oft benutzte, weil das so modern war.

Für Paula stand fest: »Ich bin zufrieden. Mir ist es egal, ob es anders oder besser auch ginge.«

»Ich weiß, was du meinst. Aber die Menschen wollen alles ergründen und erklären. Der gute Doktor Faust wollte immer wissen, was die Welt im Innersten zusammenhält. Diesem fundamentalen Drang konnte selbst ich mich bei der Lektüre des *Faust* nicht entziehen. Lass uns gelegentlich in der Bibliothek darüber sprechen, Paula.«

Paula nickte zufrieden, wunderte sich aber, warum Rufus ihr Gespräch so abrupt beendet hatte.

Stolz auf ihren Bruder war sie trotzdem: »Ich werde von Rufus noch sehr viel lernen.«

SELBSTERKENNTNIS

»Cogito ergo sum. Cogito ergo sum. Cogito ergo sum ...« Paula hörte ihren Bruder laut singen und rannte in Richtung Wohnzimmer. Was hatte er jetzt wieder, dachte sie und sah kurz darauf Rufus auf dem Kaminsims tänzeln. Paula kannte diese Stimmung: Er ist kurz vor dem Überschnappen.

»Ich denke, also bin ich! Juhu, ich kann denken und bin also doch ein Mensch!«, rief er Paula zu und konnte sich knapp vor einem Abrutscher retten.

»Ich kann auch denken. Zum Beispiel, dass du gerade ganz schön am Spinnen bist. Und ich bin kein Mensch«, protestierte Paula.

»Ganz falsch! Du verkennst hier eine Kausalität. Mein Denken unterscheidet sich jetzt von deinem Denken radikal. Du denkst, nein du glaubst, dass du denkst. Du gibst nämlich nur einen unreflektierten Eindruck wieder. Wenn ich denke, denke ich umfassender. Ich bewege mich in einem Gedankensystem, das sich auf Selbsterkenntnis gründet. Wer sich nicht selbst erkennen kann, kann auch nicht denken. Und schon gar nicht über sich selbst nachdenken.«

»Jetzt dreht er durch.« Sie konnte Rufus gerade noch ausweichen. Absturz.

Insgeheim war Paula von Rufus' Erklärungen beeindruckt und gab zu, dass sie seine Worte nicht ganz gerafft hatte. Etwas Wahres schien daran zu sein. Paula wollte mehr wissen. »Wie meinst du das mit sich selbst erkennen?«

»Wenn du vor dem großen Spiegel im Flur stehst, kannst du dich sehen?«

»Nein. Und dich übrigens auch nicht. Das hatten wir ja schon an diesem Sonntagmorgen, dem Tag deiner wundersamen Verwandlung, festgestellt.«

»Ja. Wie bei Gregor Samsa.«

»Gregor wer?«

»Mensch Paula. Du hast echt null Ahnung in Literatur.«

Das klingt wieder ziemlich überheblich, fand Paula. Rufus dozierte weiter: »Ich dagegen sehe und erkenne mich selbst.«

»Wo ist denn da der Unterschied?«

»Wenn ich mich im Spiegel sehe, könnte es ja auch sein, dass ich eine Katze oder einen Katerkollegen erkenne. Also einen unserer Art. Wenn man sich selbst erkennt, ist man auf einer höheren intellektuellen Stufe angelangt. Ich erkenne, dass ich es selbst bin, den ich im Spiegel sehe.«

»Und das können nur Menschen?«

»Im Prinzip ja. Die Liste der Tiere, die ihr eigenes Spiegelbild als solches erkennen sollen, ist kurz. Ich selbst weiß nur von Menschenaffen, Delfinen und

Elefanten. Neuerdings seltsamerweise auch Elstern. Komisch.«

»Und was bringt das, sich selbst zu erkennen?«

»Für die Menschen anscheinend sehr viel. Soweit meine Studien reichen, begannen sie vor ungefähr zweieinhalbtausend Jahren, über sich und ihr Handeln nachzudenken, es zu bewerten und zu verändern. Von sich als Individuum ausgehend, haben sie ihr Denken schrittweise auf Gesellschaft, Staat und den Ursprung des Universums erweitert.«

»Verstehe. Anne erkennt sich ja auch. Macht ihr bestimmt Spaß, sonst würde sie nicht so viel Zeit im Bad vor dem Spiegel verbringen und in ihrem Gesicht rummalen« ergänzte Paula eifrig.

»Sie legt das Make-up auf, Paula. Ich bezweifle allerdings, ob Anne sich bei dieser Tätigkeit irgendwelche Fragen in Richtung Selbsterkenntnis und Ursprung des Universums stellt.« Rufus konnte sich ein hämisches Grinsen nicht verkneifen.

»Oliver hat mich schon mehrmals vor einen Spiegel gehalten. Ich muss ganz schön doof geguckt haben, weil ich nicht wusste, was er vorhatte«, erinnerte sich Paula.

»Er wollte wissen, ob du dich im Spiegel siehst.«

»Das weiß ich jetzt auch. Und Oliver weiß, dass ich mich darin nicht sehen kann. Und ihn auch nicht.«

»Und warum wohl? Weil bei Katzen dieses Phänomen mir allein vorbehalten ist, dem Siam aller Siamesen.«

Paula nahm diese Bemerkung einfach nicht zur Kenntnis und fragte weiter: »Was haben die Menschen sonst noch daraus gemacht, als sie sich im Spiegel erkannt hatten?«

»Oder in einem Gewässer, weil sie in sehr frühen Zeiten nicht immer einen Spiegel oder ein Stück Glas parat hatten. Jedenfalls war dieses Erkennen Ausgangspunkt für zahlreiche Philosophenschulen. Vieles läuft auf die Frage nach dem Sinn des Lebens und dessen Gestaltung hinaus. Mir gefallen besonders die Stoiker. Da hast du die Ruhe weg. Sie sagten, dass alles, was einem auch immer widerfährt, im Einklang mit der Natur als einer höheren Ordnung geschieht. Es ist OK so, wie es ist.«

»Dann will ich auch Stromikerin werden. Da brauche ich mich nicht mehr über dich aufzuregen«, rief Paula begeistert.

»Langsam! Stoiker zu sein, ist mehr. Es bedeutet auch, dass alle Menschen in sich ein Urfeuer tragen, das sie zu Brüdern und Schwestern macht und sie in Gerechtigkeit und gegenseitiger Fürsorge eint.«

»Hab ich mir doch gleich gedacht, dass das wieder alles auf die gerechte Aufteilung von Fressen und Schlafplätzen im Haus hinausläuft. Gut, dass du die ganze Zeit von Menschen redest.«

»Ich habe bei diesem universellen Ansatz selbstverständlich die Tiere eingeschlossen«, versuchte Rufus die Situation zu retten.

»Zu spät. Du bist durchschaut, Bruder! Dein philosophisches Supersystem für Tiere ist eben in sich zusammengekracht. Rums!«

»Das ist zu kurz gedacht. Philosophie bestimmt auch unser Leben. Und unser Verhältnis zum Menschen. Soll ich dir eine kurze Übersicht über die Geschichte des Denkens geben, sagen wir mal von 600 vor Christus bis heute?«

»Nö. Ich habe Hunger. Denken ist für mich sowieso nichts Praktisches. Es nützt mir im täglichen Leben nix. Ich sehe im Denken nicht einmal einen Wert an sich.«

»Wert an sich! Hallo! Da spricht aber jetzt die kleine Philosophin …«

»Philosophin? Cool. Kann ich jetzt auch so denken wie du und deine komischen Stoa-Typen?«

»Du hast nichts gerafft, Paula. Ich kann jetzt nicht wieder von vorne anfangen.«

»Mir doch egal. Ich will sowieso Generalistin werden.«

»Do legst di nieder.« Rufus rollte sich auf den Rücken und streckte demonstrativ alle Viere von sich. Diesen Satz hatte er vor kurzem im *Komödienstadl* gehört. Er hatte sich auf dem Sofa ungeschickt auf die Fernbedienung gesetzt und wunderte sich, warum Anne und Oliver so schnell in ein anderes Programm gezappt hatten.

KATZEN & CO.

Es war ein ziemlich heißer Sommertag. Rufus und Paula machte die Hitze anscheinend nichts aus, denn sie hatten sich auf dem großen Bett im sonnendurchfluteten Schlafzimmer gemütlich niedergelassen. Für Paula legte Anne nach dem Bettenmachen immer einen grünen Pullover auf das Bett. Oliver hatte ihn aus Disneyland bei Paris mitgebracht. Auf der Vorderseite des Pullovers waren Micky und Minnie, ziemlich groß, gestickt. Rufus hatte Paula gegenüber diese Besonderheit nicht erwähnt, um den Pullover für sie nicht noch interessanter zu machen. Sie betrachtete ihn ohnehin als ihr exklusives Plätzchen.

Mit dieser Art Sonderrechten war Rufus grundsätzlich nicht einverstanden – außer sie galten für ihn.

An diesem Nachmittag hatte es sich Rufus wieder einmal auf dem Pullover bequem gemacht, nachdem er Paula heruntergejagt hatte. Um wenigstens noch einen Rest von Territorialanspruch aufrechtzuerhalten, blieb Paula möglichst dicht am Pullover liegen.

Als Anne das Schlafzimmer betrat, freute sie sich, wie einträchtig Rufus und Paula nebeneinander auf dem Bett lagen.

Schön, dass es um den Pullover nie Streit gibt, stellte sie für sich fest und ging zum Fenster. Im Garten hüpften Meisen in den Sträuchern herum.

Die Meisen fühlen sich in unserem Garten richtig wohl. Sie sind uns treu geblieben, weil Oliver im Frühjahr Nistkästen aufgehängt hatte, dachte sie und rief zu Oliver ins Studio hoch: »Gott sei Dank lassen die Katzen aus der Nachbarschaft unsere Vögel in Ruhe.«

»Da hast du recht. Wenn unsere beiden Rabauken draußen wären, würden sie bestimmt auch den Vögeln nachjagen oder?«, rief Oliver zurück.

Auch wenn Rufus völlig relaxt dalag und anscheinend schlief, waren seine Ohren immer auf Empfang. Nach Olivers Worten war er plötzlich hellwach. Andere Katzen im Garten?

»Paula, wach auf!« Seine Schwanzspitze schlug aufgeregt hin und her. »Hast du schon einmal andere Katzen in unserem Garten gesehen?«

»Erst lässt du mich auf meinen Pullover. Sonst sage ich nix.« Paula wunderte sich selbst über ihren Mut.

Tatsächlich gab Rufus den Pullover frei und murmelte: »Ist sowieso viel zu warm. Also was ist mit den anderen Katzenviechern?«

»Ich muss doch sehr bitten! Das sind keine Viecher, sondern sehr nette Kollegen. Insgesamt drei. Ein grauschwarz getigerter Kater. Recht hübsch.

Der zweite auch ein Kater, ockerfarben mit putzigen weißen Flecken. Und eine kleine schwarze Katze – fast so süß wie ich.«

»Und wieso weiß ich so etwas nicht? Schließlich fühle ich mich für das gesamte Grundstück verantwortlich. Woher willst du übrigens wissen, dass es zwei Kater sind?«

»Deine Kollegen markieren ständig herum. Und das in deinem Hoheitsgebiet. Ich rieche das. Natürlich nur, wenn die Fenster so schräg stehen.« Paula ging in eine leichte Schieflage.

»Gekippt heißt das! Gekippt! Und wie rieche ich?«, drängte Rufus.

Die Erklärung von Paula kam sofort. »Überhaupt nicht. Du bist eben nicht mehr komplett.«

Rufus war geschockt. Nicht komplett? Das musste mit der unangenehmen Operation zusammenhängen, von der Anne vor kurzem sprach. Rufus hörte wie aus der Ferne ihre mitfühlenden Worte: »Armer Rufi, keine Bällchen mehr.«

»Themenwechsel!«, verfügte Rufus. »Es gibt die viel wichtigere Frage, warum wir nur im Haus sind und nicht raus dürfen.«

»Mensch, Rufus. Marco hatte uns damals nur vorübergehend zu Anne und Oliver gebracht und wollte abwarten, bis er in Bordeaux eine Wohnung gefunden hätte. Und die lag dann mitten in der Stadt.

Das hat er doch selbst erzählt. Erst Freigänger und dann nur in der Wohnung sein, das geht nicht gut. Dann möchte ich erst gar nicht wissen, wie es draußen zugeht«, entgegnete Paula trotzig.

»Da ist was dran. Du hast logisches Denken gelernt, Paulachen.«

»Und zwar von dir. Das willst du doch hören oder? Ich muss ehrlich sagen, dass ich nichts vermisse. Innen ist es gemütlich, und draußen lauert eine Menge Gefahren, die wir alle nicht kennen.«

»Stimmt. Hunde und Autos kommen uns im Haus jedenfalls nicht in die Quere«, stellte Rufus fest und entfernte routiniert einen Krallenrest von seiner linken Hinterpfote.

Paula überlegte: »Es gibt Katzen, die im Haus leben und ab und zu raus können. Es gibt Draussenkatzen, die nie ins Haus kommen und bei denen man nicht weiß, wer sie füttert. Und dann gibt es Katzen, die bei anderen Leuten leben und ab und zu andere Leute im Haus besuchen. Das hast du mal gesagt.«

»Vor allem ›Draussenkatzen‹! Von mir ist dieser Ausdruck sicher nicht. Trifft aber den Kern der Sache. Egal. Hauskatzen, wilde Katzen, Freigänger und Konsorten – für uns alle stellt sich generell die Frage nach unserem Verhältnis zum Menschen und unserer Herkunft. Das klären wir heute Nacht in der Bibliothek. Die *Große Kulturgeschichte der Katzen* habe ich mir vorhin schon in Position gewuchtet.«

»Herkunft? Wir kommen doch aus Toulouse in Frankreich.«

»Ja. Das ist nur unsere unmittelbare Herkunft. Unsere Mama hatte eine Mutter, und die auch wieder eine und so weiter und so weiter. Wenn man das, grob gesagt, ein paar hunderttausend Mal macht, kommt man auf Katzen, die vor langer Zeit als unsere Vorfahren gelebt haben. Mehr dazu um halb zwölf in der Bibliothek.«

»Halb zwölf?«

»Das ist eine Zeitangabe. Die Menschen teilen den Tag in Stunden ein. Sonst könnten sie sich ja nie verabreden oder kämen zu spät ins Theater.«

»???«

Rufus machte es kurz. »Ich hole dich ab, wenn es soweit ist.«

Er sprang vom Bett und lief zur Uhr im Wohnzimmer. Bis zum Lese-Event waren es noch gut acht Stunden.

Am Abend schlich Rufus mehrmals unauffällig an der Bibliothek vorbei. Es war bereits nach ein Uhr. Oliver liest bestimmt einen sehr spannenden Roman, denn er hat sogar seine Lieblingssendung mit Domian sausen lassen, wunderte sich Rufus.

Gegen zwei Uhr gab er auf. Paula, die auf ihrem roten Sessel leise vor sich hin schnarchte, wollte er noch später nicht mehr wecken.

Mit größeren Nachforschungen wird es heute eh nichts mehr. Außerdem hätte Paula bei der nächtlichen Leseaktion nur rumgezittert aus Angst entdeckt zu werden. Rufus ging in die noch immer schwach erleuchtete Bibliothek und rollte sich auf seiner Hundedecke ein.

»Na, Rufus. Keine Lust mehr auf Nachtlektüre?«, lachte Oliver.

Witzbold! Rufus schlief sofort ein.

SCHLAUCHRETTUNG

Alarm! Die Transportbox steht im Flur bereit. Diskret in einer Nische abgestellt, doch dem wachsamen Auge des umtriebigen Rufus blieb nichts verborgen. Egal ob es sich um diese Transportbox, ein von Paula vergessenes Leckerli oder eine unbeaufsichtigte Scheibe Putenbrust auf dem Küchentisch handelte.

»Tierarzt! Es ist wieder mal so weit. Fragt sich nur, wer von uns beiden diesmal in die Box muss«, rief er Paula zu. Er hatte allerdings die Vermutung, dass es um ihn ging. Seit drei Tagen waren seine Bemühungen im Katzenklo erfolglos.

Noch in Gedanken, übersah Rufus den Schatten, der sich ihm von hinten näherte und ihn packte. Es war Oliver. Anne hatte die Transportbox auf dem Boden so abgestellt, dass die Öffnung mit dem Gittertürchen nach oben zeigte. Oliver konnte Rufus sozusagen von oben in die Box einfädeln und das Türchen problemlos schließen.

»Mist! Das letzte Mal haben sie länger gebraucht, mich in die Box zu kriegen. Sie haben aber schnell erkannt, dass die Up-down-Technik besser klappt. Nun, ich war eben sehr kooperativ und hätte mich jederzeit wehren können«, erklärte er Paula, die heran gelaufen war, um sich dieses Spektakel mit dem armen Rufus aus nächster Nähe anzusehen.

»Natürlich, Bruderherz, genauso war's«. Ein bisschen Mitleid hatte Paula schon.

»Na dann viel Glück! Wird nicht so schlimm werden. Warst ja schon einmal dort«, erinnerte sich Paula.

Von diesem Besuch stammte Rufus' tätowierte Zahlen-Buchstaben-Kombination im rechten Ohr.

»Wie du rumgetorkelt bist und die ganze Familie stundenlang auf Trab gehalten hast. Damit sich der arme Rufus ja nicht an einem Möbelstück verletzt.« Paula lachte und fand es damals total lustig, wie bescheuert Rufus während der Aufwachphase aus der Wäsche geguckt hat – soweit diese Redewendung auf Katzen zutrifft.

Das Wartezimmer bei Dr. Czerny war voll besetzt. Anne hatte die Box mit Rufus unter ihrem Stuhl abgestellt und richtete sich auf eine längere Wartezeit ein.

Rufus erkannte gegenüber einen Schäferhund, einen zitternden Pudel und einen Korb mit einem schwarzweißen Leidenskollegen. Ein kleines Mädchen hatte in einem Einkaufskorb ein Tier auf dem Schoß, das er nicht sehen konnte.

Welche Tiere in seiner eigenen Stuhlreihe mit ihren Herrchen und Frauchen warteten, konnte er ebenfalls nicht erkennen. Schade, dass ich hier nicht wie Menschen auf einem Stuhl sitzen und mir alle Leute und ihre Tiere genauer ansehen kann, dachte er.

Anne wunderte sich, dass die Tiere so ruhig waren. Auch Rufus war im Gegensatz zur Autofahrt jetzt nicht mehr aufgeregt. Dem Schäferhund schien es egal zu sein, dass er neben einer miauenden Katze lag. Unter normalen Umständen hätte er sich bestimmt anders verhalten.

Beim Tierarzt haben die Tiere Angst. Die Menschen machen sich Gedanken über die Krankheit ihrer Lieblinge. Ich bin dagegen ganz cool, redete sich Rufus ein.

Die Szene belebte sich, als eine Frau mit ihrer etwa sieben Jahre alten Tochter das Wartezimmer betrat. Das Mädchen trug einen Vogelkäfig, der mit einem Tuch abgedeckt war. Sie setzten sich auf die beiden letzten freien Plätze neben Anne.

Das Kind fiel Rufus schon beim Hereinkommen auf. Zu kleinen Menschen hatte er leider ein diffiziles Verhältnis. Er dachte an Emma und Charlotte, wenn sie bei ihren Großeltern Anne und Oliver zu Besuch waren. Er und Paula hauten dann immer ab. Und Emma und Charlotte liefen dann im ganzen Haus herum, um sie zu finden. Sie hatten so helle Stimmen und so laut! Sie meinten es natürlich nicht böse, wusste Rufus. Aber sie schafften es

63

einfach nicht, sich Rufus und Paula leise und lang-
samer zu nähern. In der letzten Zeit hatte sich das
allerdings verändert: Alle vier hatten schon mehrmals auf dem Sofa gesessen und gemeinsam gemütlich ferngesehen.

Und jetzt diese Nervensäge! Das Kind hieß Jeanine.
Rufus schüttelte sich jedes Mal, wenn die Mutter
den Namen »Schanien« aussprach. Für französische
Katerohren ein Graus! Seine Sympathie für dieses
Duo war jetzt ganz dahin.

Jeanine kümmerte sich gar nicht um den Vogel, der
ab und zu im Käfig rumflatterte. Er war vielleicht
ein Weihnachtsgeschenk, und das Kind hatte nach
einiger Zeit das Interesse an seinem Tier verloren.
Rufus hatte einen Bericht im Fernsehen gesehen,
dass man Tiere nicht gedankenlos verschenken
sollte. Vor der Ferienzeit lassen Menschen sogar
ihre Hunde und Katzen einfach frei oder lassen sie
an einen Laternenpfahl gebunden allein zurück.

Jeanine kletterte ohne Unterlass auf dem Schoß der
Mutter herum und zählte die leider zahlreichen
Knöpfe einer Folklore-Bluse. Aber immer falsch.
Die Mutter korrigierte jedes Mal, aber Klein-
Jeanine hatte beim nächsten Anlauf nichts dazu
gelernt.

Rufus bemerkte, dass die Leute sich gegenseitig
genervt anschauten.

»Könnten Sie bitte Ihrem Kind sagen, dass es mit diesem Zählen aufhört und sich etwas ruhiger verhält!«, wandte sich Anne mutig an die Mutter.

Fassungslos sagte diese zu Jeanine: »So etwas haben wir aber noch nicht erlebt. Das hat uns noch niemand gesagt.«

»Dann muss ich Ihnen das jetzt mal sagen.«

»Ich kann doch meinem Kind nicht verbieten …«

»Sie können ihm schon klarmachen, dass hier Leute mit ihren kranken Tieren zum Tierarzt gekommen sind. Sie machen sich Sorgen. Und da ist es für alle gut, wenn man sich in Ruhe auf den Arzt vorbereiten kann. Ein Kind versteht das schon. Ich mache mir ja auch Sorgen um meinen Rufi.«

Die Augen der Wartenden waren bis dahin auf Anne gerichtet. Als sie »Rufi« sagte, schauten sie auf die Box am Boden, in der Rufus auffällig nickte: »Voll d'accord, Anne! Parfait.«

Sofort war es im Wartezimmer still. Rufus sah, wie die Leute sich anschauten und Anne mit ihren Gesten Recht gaben.

Wenn alle das gedacht haben, warum hat sich kein anderer getraut, wunderte sich Rufus.

Er war auf Anne richtig stolz und haute mit seiner Pfote ein paar Mal an das Gitter. »Bravo, Anne, toll gemacht!«

»He Rufus! Was ist? Alles klar bei dir da unten?«,

fragte Anne und schaute Rufus an.

»Wieder mal alles voll angekommen!«, murmelte er ironisch vor sich hin. Die Menschen verstehen mich halt nicht.

Nach einer guten halben Stunde waren Anne und Rufus dran. Jetzt wieder das Schaukeln der Box und dann der vorsichtige Tritt auf den weißen, glatten Behandlungstisch.

»Unser Siamese«, begrüßte Dr. Czerny den neuen Patienten.

»Siam-Mischling«, ergänzte Anne beflissentlich.

»Na super, Anne! Mein Auftritt ist wieder mal total vermasselt.« Rufus blickte sie vorwurfsvoll an. Ihn störte schon immer der Eintrag »Siam-Mischling« in seinem Impfpass. Er konnte sich mit der diskriminierenden Einschränkung »Mischling« nicht abfinden. Zu allem Übel war sein Name auch noch zu »Ruphus« verunstaltet.

In Paulas Impfpass war als Rasse EKH eingetragen. Rufus fand, Europäische Kurzhaarkatze klingt rassig. Deutsche Hauskatze wäre allerdings völlig daneben. Auf ihre südfranzösische Herkunft legten beide großen Wert. Da war er sich mit Paula einig.

Rufus' Überlegungen wurden durch die markante Stimme des Dr. Czerny unterbrochen. Er war ein kräftiger, sympathischer Mann, dem Rufus voll vertraute. Trotzdem hatte er Angst, als Dr. Czerny ihn anfasste. Der packte richtig zu, ganz anders, als wenn Anne und Oliver ihn anfassten. Dies hier ist eben veterinärmedizinisch erforderliches Vorgehen, tröstete er sich.

»Wir hatten ja schon miteinander telefoniert. Ist er immer noch verstopft?«, fragte Dr. Czerny und drückte auf Rufus' Bauch.

Anne beantwortete die Frage mit einem Kopfnicken.

»Aua!«, entfuhr es Rufus mehrmals, doch niemand bekam das mit.

»Ich fühle es. Alles ziemlich hart. Ein richtiger Pfropfen. Das muss alles raus, und zwar hinten. Wenn Sie einverstanden sind, spüle ich Ihren Kater gründlich durch.«

»Wenn Sie meinen, dann machen wir das.«

Vor allem »wir«, dachte Rufus.

»Gut dass Sie mit Rufus gekommen sind. Es hätte große Komplikationen gegeben.«

Dr. Czerny gab Rufus zwei Spritzen. Anne hatte Mitleid mit ihrem Rufi, der langsam in die Narkose sank.

An den dann folgenden Teil seines Aufenthaltes beim Tierarzt konnte sich Rufus später nicht erinnern. Hätte er ihn live miterlebt, wäre er von ihm bestimmt für topsecret erklärt worden.

Es gab wirklich appetitlichere Heldentaten.

An Dr. Czerny wurde Rufus danach jeden Tag zweimal erinnert, wenn Anne seinem Fressen morgens und abends einen Teelöffel Lactulose für einen regelmäßigen Katzenklogang beimischte.

Rufus beobachtete jedes Mal, wie gewissenhaft sie die fast schon verhasste, farblose Flüssigkeit aus der braunen Arzneiflasche auf den Löffel herauslaufen ließ.

Beim Fressen schüttelte er sich mehrmals, fraß aber »brav« wie Anne dies sehr oft lobend erwähnte.

Immer wenn er auf eine konzentriert süße Stelle traf, sprang er wie von der sprichwörtlichen Tarantel gestochen hoch und raste aus der Küche.

Nach einiger Zeit setzte sich der Hunger wieder durch, und er kehrte zu seinem Schälchen zurück.

»Das Zeug schmeckt scheußlich. Aber wenn es hilft.«

Andere Kater würden das Fressen einfach verweigern. Er als aufgeklärter und kooperativer Patient sah die Notwendigkeit dieser Therapie ein.

Meistens.

Wenn Anne nicht aufpasste, schubste er Paula von ihrem Schälchen weg und begann dort zu räubern. Paula hingegen liebte diese süße Komponente und schlug dann einfach bei ihm zu.

Anne nannte das »Fressen verkehrt« und stellte,

falls sie rechtzeitig in die Küche zurückkam, die richtige Platzordnung wieder her.

Rufus war mittlerweile zum Pragmatiker geworden: Süß oder nicht süß - Hauptsache das Thema Tierarzt hatte sich erst einmal erledigt.

NOTLÜGE

Es war schon spät. Rufus schnarchte auf der neu-
bezogenen Couch, die er nur im Schutze der Dun-
kelheit als Schlafplatz aufsuchen konnte. Tagsüber
wurde er gnadenlos heruntergejagt. Paula hatte es
sich in ihrem Ausweichquartier unter dem Dach
bequem gemacht. Ihr roter Ledersessel im Flur war
mit Einkaufstüten blockiert.

Rufus wachte durch den allmählich lauter werden-
den Wortwechsel zwischen Anne und Oliver auf.
Im Nachmittagsfernsehen hatte er eine Talkshow
mit einer Menge sich streitender Leute gesehen. Im
Vergleich damit fand er den Streit zwischen Anne
und Oliver geradezu kultiviert. Außerdem hatten
die Leute im Fernsehen ganz andere Frisuren, und
ihre Kleidung hatte er woanders auch noch nicht
gesehen.

Rufus ging auf die Suche nach Paula. Durch sein
sanftes Anschubsen wachte sie sofort auf.

»Komm mit. Anne und Oliver streiten sich, das
wird bestimmt interessant.«

Paula motzte: »Und ich verstehe wieder nix von
dem, was die sagen! Kannst du mir dolmetschen?«

»OK. Mache ich, simultan oder konsekutiv?«

»Wie, was simultan?«

»Simultan heißt gleichzeitig. Während Anne spricht,

übersetze ich dir das praktisch gleichzeitig, mit einem klitzekleinen Zeitunterschied.«

»Und was ist dann kon-se-ku-tiv?«

»Da höre ich zu, merke mir was gesagt wird und mache anschließend eine ziemlich genaue Zusammenfassung. Wie du dir denken kannst, setzt dies eine gewaltige Gedächtnisleistung und ein Höchstmaß an sprachlichem Ausdrucksvermögen voraus!«

»Das musste ja kommen. Aber wenn du mir anschließend das alles mit deiner unerreichten sprachlichen Brillanz zusammenfassend wiedergibst, hörst du nicht, was Anne oder Oliver zwischenzeitlich gesagt haben.«

Rufus räusperte sich. »Das habe ich in diesem sehr speziellen Fall übersehen.«

»Dann will ich simultan!«

»Für simultan braucht man Equipment, unter anderem auch Kopfhörer. Der Dolmetscher sitzt in einer Kabine. Ich habe das in einem Fernsehbericht über eine UNO-Konferenz gesehen.

»Wie Fernsehen doch bildet. Ich will simultan!«

»Hast du zufällig eine Simultananlage dabei?«

»Haha. Dann flüstere mir die Übersetzung eben einfach zu. Dann kannst du weiter hören, was Anne und Oliver sagen, du Superdolmetscher …«

»Das wäre dann chuchotage. Flüsterdolmetschen.«

»Geht doch!«

Der Wortwechsel zwischen Anne und Oliver kühlte schon ab, die Sätze wurden kürzer. Anne lief hin und her, während Oliver sich ab und zu an den Kopf fasste. Rufus schaute unentdeckt von einem Esszimmerstuhl zu. Anne nahm ein Kissen und warf es in Richtung Oliver, der dem Wurfgeschoss gerade noch ausweichen konnte, bevor es auf dem Esstisch landete und zwei Gläser vom Tisch fegte. Rufus duckte sich und flüchtete in Paulas Nähe.

»Worum geht es? Sag' doch was!« Paula war ziemlich ungeduldig.

»Ich kann das nicht alles übersetzen. Das geht mir zu schnell. Oliver sagt eigentlich immer nur ›Ich fass' es nicht!‹ Für einige Wörter, die sie sich an die Köpfe schmeißen, kenne ich keine Übersetzung oder sinngemäße Entsprechung. Solche Ausdrücke kennt unsere Sprache nicht. Wir Katzen sind da im Umgang miteinander generell weniger verbal und daher effektiver. Wenn es mit Fauchen und Drohen nicht mehr weitergeht, gibt's eben eins mit der Pfote. Zack!«

»Von wegen! Deinen Schwingern bin ich bis jetzt immer noch ausgewichen. Beim Jagen über zwei Treppen hast du mich auch nie erwischt. Und unter einen Schrank passt du auch längst nicht mehr, Dicker.« Das saß.

Rufus hielt einen Themenwechsel für dringend

geboten und wandte sich wieder dem Streit zu: »Anne wirft Oliver vor, dass er sie angelogen habe.«

»Und hat er?«

»Oliver sollte gestern aus einem Bioladen etwas fürs Abendessen mitbringen. Er hatte das aber vergessen und Anne gesagt, dass der Laden schon zu gehabt hätte, als er dort ankam. Das glaubte Anne nicht und rief heute Morgen, dort an. Der Laden war gestern um die fragliche Zeit noch auf. Oliver hatte gelogen.«

»Das ist alles? Lügen ist komisch.«

»Tja. Lügen scheint mir ein nicht allzu seltenes menschliches Verhalten zu sein.«

»Ist lügen schlimm?«

»Wie man es nimmt.«

Rufus nahm wieder diese dozierende Haltung ein, die bei Paula gar nicht ankam. »Bei einer Lüge sagt man nicht die Wahrheit, weil man nicht will, dass der andere die Wahrheit erfährt. Der Lügner hofft also, dass der andere nicht dahinter kommt, was er durch seine Lüge verbergen will.«

»Hat in diesem Fall nicht geklappt, armer Oliver.«

»War auch nicht so gravierend«, setzte Rufus nach.

»Wie gravierend?«

»Je kalkulierter die Absicht hinter einer Lüge oder je folgenreicher eine Lüge ist, umso gravierender ist die Lüge selbst. Wenn es um eine Beule im Auto,

Kakaoflecken auf dem Sofa, um Politik und um Alltägliches geht, gibt es viele Arten von Lügen. Von einigen habe ich schon gehört. Da gibt es die Wahllüge, Notlüge, Mondlandungslüge, Biospritlüge, Kundus-Lüge, Riester-Lüge, Klimalüge, Lehman-Lüge, Schweinegrippelüge, Lebenslüge und ein paar mehr. Erklärungen dazu würden jetzt zu weit führen.«

»Und die Lüge von Oliver?«

»War eine Notlüge.«

»Klingt nicht so schlimm. Und wie ist lügen bei Katzen?«

»Im Prinzip genauso, nur viel einfacher. Dazu ein Beispiel. Nehmen wir an, du hättest heimlich aus meinem Schälchen gefressen. Ich habe das gemerkt und frage dich, ob du von meinem Fressen etwas geklaut hast.«

»Da sage ich ›Klar!‹, weil du das bei mir auch immer machst.«

»Manno! Du musst jetzt ›Nein‹ sagen, sonst machst du mir mein Beispiel kaputt.«

»Also gut. Nein!«

»Du bist gemein! Mein Schälchen war heute Nachmittag halbvoll und jetzt ist es leer. Ich habe nichts davon gegessen und sonst isst niemand uns das Fressen weg. Paula, du hast gelogen.«

»Theoretisch ja. Und nur in deinem Beispiel, mein

Lieber. Ich würde nämlich immer die Wahrheit sagen. Warum hat Oliver nicht einfach die Wahrheit gesagt, dass er es vergessen hatte? Warum hat er notgelogen?«

»Anne wäre ausgeflippt und hätte Oliver ihre altbekannte Sätze an den Kopf geschmissen wie: Wenn ich nicht wieder an alles denke! Woran denkst du eigentlich den ganzen Tag? So in dieser Art. Das wollte Oliver sich ersparen.«

»Oliver hat in Richtung Anne aber ganz schön zurückgefeuert«, sagte Paula anerkennend.

»Das ist alles verpufft. Im Gegensatz zu Anne beherrscht Oliver nicht die Kunst des unsachlichen Streites. Wie übrigens viele Männer und Kater auch nicht. Wir hassen den geradezu.«

»Ha, ha!« Paula überlegte kurz: »Für mich steht jedenfalls fest: Lügen bringt nichts.«

»Das sag mal Anne und Oliver!«

»Nix mehr undercover, Briederchen ..?«

»Habe das nur so vor mich hingesagt. Rein rhetorisch.«

Paula hatte jetzt keine Lust, Rufus nach der Bedeutung von »rhetorisch« zu fragen und fasste die Situation zusammen: »Hätte Oliver nicht gelogen, lägen wir schon über eine Stunde auf unseren respektiven Schlafplätzen.«

»Respektive Schlafplätze! Was für eine Wortschöpfung. So etwas fällt nicht einmal mir ein. Also dann bonne nuit, chérie!«

»Hä?«

»Das war Französisch für Gute Nacht, Schatzi!«
Paula zeigte Rufus mit der ausgefahrenen Zeigekralle der rechten Pfote so etwas wie einen Vogel.

Im Haus war es jetzt wieder still. Rufus und Paula schliefen an diesem Abend sehr dicht beieinander ein. Das kam nicht oft vor.

WORLD WIDE WEB

Oliver saß im Studio an seinem Rechner. Es war gegen elf Uhr abends. Der fahle Schein des Displays drang bis in den Flur, wo Rufus es sich unerlaubter Weise auf einem Pullover gemütlich gemacht hatte, den er sich zuvor vom Treppengeländer geangelt hatte.

Das Klappern der Tasten war nur schwach zu hören. Oliver tippte nur ab und zu etwas ein. Wenn Anne am Rechner sitzt, klappern die Tasten ständig. Wahrscheinlich macht sie dann Übersetzungen oder schreibt Emails, dachte sich Rufus.

Als er gerade schön am Einschlafen war, fing Oliver wieder mit dem Tippen an.

Wenn ich schon nicht pennen kann, schaue ich mir mal an, was Oliver da oben treibt. Er schlenderte betont locker in Richtung Studio. Wenn Rufus diesen ausgesprochen lockeren Gang einlegte, hatte er immer etwas Interessantes, meistens Verbotenes, vor. Das war dann so unauffällig, dass Anne und Oliver sofort vorgewarnt waren.

Mein unauffälliger Gang bewirkt also genau das Gegenteil, hatte Rufus schon vor längerer Zeit erkannt. Er hatte ihn im großen Spiegel sehr oft geübt und fand ihn voll cool. Trotz des Risikos, durchschaut zu werden, wollte er in bestimmten

Fällen auf diesen Gang nicht verzichten.

In der Studiotür angekommen, maunzte er Oliver freundlich an.

»Na Rufus, auch noch wach?«, fragte Oliver.

Rufus war immer auf der Hut, um bei direkten Ansprachen nicht spontan zu reagieren. Heute Abend machte er eine Ausnahme und nickte vorwurfsvoll.

»Als hättest du mich eben verstanden«, lachte Oliver. »Fühlst du dich etwa gestört? Normalerweise seid ihr beide um diese Zeit doch noch im Haus unterwegs.«

Rufus überlegte und fand, dass er jetzt am besten um Olivers Beine streichen sollte.

»Mensch Rufi, was ist denn los?« Oliver hob ihn auf seinen Schoß und kraulte ihn. Rufus fing sofort zu schnurren an und machte sich so lang wie es in dieser unkomfortablen Lage eben möglich war.

Paula kam nie freiwillig auf Olivers Schoß. Wenn man sie auf den Schoß hochnahm, war sie nur mit einer sanften Umarmung festzuhalten. Ließ man sie los, sprang sie herunter, um sofort, wie zu ihrer Entschuldigung, heftig um die Beine zu streichen und schaute mit halbgeöffneten Augen den Verlassenen an. Rufus war daher sehr stolz, als Oliver einmal sagte, dass sie eher einen Schmusekater als eine Schmusekatze im Haus hätten.

»Willst Du mit mir ins World Wide Web gehen? Ich zeige dir ein paar Fotos von Katzenkollegen«, schlug Oliver vor. »Ich weiß aber nicht, ob du auf dem Display etwas erkennen kannst.«

Hombre! Und ob ich das kann. Rufus wechselte auf die Schreibtischplatte, setzte sich neben die Tastatur und wartete auf die ersten Fotos. Er musste sich sehr zurückhalten, denn der Cursor, der sich auf dem Display synchron mit der Maus hin und her bewegte, reizte ihn ungemein. Seine Pfote zuckte mehrmals.

Kurze Zeit später hatte Oliver den gewünschten Fotoordner gefunden und begann: »In deutschen Wohnungen leben an die acht Millionen Katzen. Damit habt ihr die Hunde eindeutig geschlagen, die es nur auf schlappe fünf Millionen bringen. Na ja, du verstehst ja eh nicht, was ich sage.«

Olivers und Rufus' Blicke trafen sich für den Bruchteil einer Sekunde.

Hatte Rufus ihm eben etwa zugeblinzelt?

Oliver begann die Diashow.

Rufus musste sich an diese für ihn neue Art der Präsentation gewöhnen. Nach mehrmaligem Überprüfen seiner Pupilleneinstellung waren die Fotos klar zu erkennen. Die dazugehörigen Namen konnte er sich ebenfalls einwandfrei merken.

Weiße, schwarze, getigerte Katzen. Mit kurzen,

langen und komisch langen Haaren. Mit buschigem Schwanz. Und ohne Schwanz! Einige Exemplare gefielen ihm sehr gut. Die Katzen mit »eingedrückter Nase« fand er lustig. Mit der Nacktkatze konnte er sich nicht anfreunden.

Rufus war erstaunt, wie viele Katzenrassen es gab. Vor allem die unterschiedlichen Farben und Fellzeichnungen in dieser kleinen Auswahl beeindruckten ihn sehr.

Ganz gleich, ob ihm diese Kollegen gefielen oder nicht, eines war für Rufus sicher: All diese Katzen haben Menschen gefunden, die sie liebhaben und für sie sorgen.

Es soll ja sogar Leute geben, die Siam-Mischlinge mögen …

In diesem Moment landete Oliver, quasi als Höhepunkt, bei dem Foto einer Siamkatze.

Rufus sah sich den ihm nicht ganz unähnlichen Kollegen genauer an. Der ist viel schlanker als ich und hat eine extrem fliehende Stirn und spitzere Ohren als ich, stellte er fest.

»Jetzt, wo ich mich im Spiegel gesehen habe, gefalle ich mir sehr viel besser als dieser Spargelsiam«, maunzte er verächtlich.

Oliver hatte Rufus' Reaktion bemerkt. »Hey, was ist los? Du gefällst mir so, wie du bist. Die Toulouser Dachkomponente hat dir gut getan. Pauline hat den

Richtigen ausgewählt und dich gut hingekriegt.«

Von diesem Moment an hatte für Rufus die Impf-pass-Eintragung »Siammischling« eine neue, jetzt voll zufriedenstellende Bedeutung.

Apropos Toulouse: Oliver hatte eine Idee. Nach ein paar Klicks erschien das Bild einer grauweiß getigerten Katze mit weißen Pfoten.

»So könnte nach Marcos Erzählungen eure Mama ausgesehen haben.« Oliver zoomte das Foto auf volle Displaygröße.

Rufus schaute mehrmals zwischen dem Foto und Oliver hin und her und kniff seine Augen liebevoll zu. Jetzt »Mama« zu rufen, fand er dann doch zu kitschig.

Oliver war sich des besonderen Reizes dieser Situation bewusst. »Sie scheint dir zu gefallen. Schade, dass ich kein Foto von ihr habe.« Oliver streichelte Rufus ein paar Mal vom Kopf bis zur Schwanzspit-ze. Rufus kam jeder seiner Streichelbewegungen entgegen. Wenn ich jetzt die Augen schließe, fühle ich mich wie ein Katzenkind, das von seiner Mama fürsorglich abgeschleckt wird. Sauwohl, schwärmte Rufus.

Oliver wandte sich seinem Rechner zu. »Ich muss noch etwas im Internet recherchieren.«

Rufus blieb auf dem Schreibtisch sitzen. Er war beeindruckt, wie routiniert Oliver seinen Rechner beherrschte. Er verfolgte genau, welche Auswirkungen die Aktionen mit der Maus und der Tastatur auf dem Display hatten. Manches bekam er bei der Schnelligkeit nicht mit.

Für Rufus war klar, dass er sich in der nächsten Zeit mit dem Internet und seinen Möglichkeiten unbedingt befassen musste.

In diesem Moment bog Paula um die Ecke des Studios und plärrte los: »Jagst du auch den kleinen, weißen Pfeil? Den kriegst du aber nicht!«

»Das ist ein Cursor, virtuell nur auf dem Display.«

»Mir doch egal, wenn ich ihn eh nicht kriege. Kommst du mit?«

»Ich schaue Oliver noch ein bisschen zu. Total interessant.«

»Also Bruder, dann buenas noches.«

»Bitte?«

»Das ist Gute Nacht auf Spanisch.« Und schon war sie verschwunden.

Rufus war platt. Woher kann die Spanisch?

Er wandte sich wieder Oliver und dem Internet zu. Rufus war fasziniert.

Sein Projekt Cat 2.0 war geboren!

SPEISEPLÄNE

Wie alle Katzen saßen Rufus und Paula gerne am Fenster und schauten nach draußen. Sie hatten die Auswahl zwischen dem Blick auf den Platz vor dem Haus und nach hinten in den Garten. Meistens entschieden sie sich für den Garten, denn dort war immer Bewegung auf dem Rasen, in den Bäumen oder an der hohen Natursteinmauer.

An diesem Spätsommertag waren besonders viele Vögel im Garten und hopsten um den Teich herum. Rufus verfolgte diese Vorgänge sehr aufmerksam und fing zu »schnattern« an. Paula amüsierte sich, wenn Rufus mit seinen Zähnen klapperte, wenn er einen Vogel sah. Ob ich das auch mache?, fragte sie sich. Vielleicht merkt man das selbst ja nicht. Rufus bestritt jedenfalls immer heftig, dass er schnatterte. Er hatte grundsätzlich etwas gegen unkontrollierte Reaktionen.

Paula langweilte sich. Beim Dösen erinnerte sie sich an den ungewöhnlichen Besuch im letzten Winter. Sie lag allein hinter dem Terrassenfenster und hatte das Gewusel gleich entdeckt: »So etwas habe ich noch nie gesehen. Und so viele! Rufus komm mal schnell her!«

Bei solchen Ausrufen reagierte Rufus stets blitzschnell und rannte sofort zum Ort des Geschehens.

Auf Neues war er immer gespannt. In diesem aktuellen Fall versprachen die aufgeregten Schwingungen in Paulas Stimme ein wirkliches Top-Ereignis.

Rufus war baff. Drei Ratten turnten ungestört im Futterhäuschen herum, das Oliver auf einem Holzgestell befestigt hatte. Unter dem Häuschen tummelten sich noch einmal drei Ratten und fraßen die herabfallenden Körner, die die Kollegen oben in ihrer Fressgier fallen ließen.

»Riesenmäuse!«, rief Paula.

»Das sind Ratten. Größere Verwandte, aber keine Mäuse. Sechs Stück!«

»Sie haben ein schönes Fell. So glatt und glänzend.«

»Normalerweise ist ihr Fell struppiger. Diese hier leben wahrscheinlich recht feudal im Kanalsystem und am Bachufer. Von dort wandern sie schnurstracks unter die Terrassenplatten und dann weiter zu den überaus leckeren Komposthaufen in den Nachbargärten. Der Bach ist keine hundert Schritte weit.«

Rufus war dieses topografische Detail aus einer Story bekannt, die Oliver kürzlich erzählt hatte. Rufus war gegen elf Uhr abends durch die Haustür ausgebüxt. Nach vierstündiger Suche hatten Marco und Oliver ihn unter einer Brücke am nahegelegenen Bach aufgetrieben. Er hörte sie die ganze Zeit über deutlich seinen Namen rufen, konnte sich in seiner Angst aber nicht bemerkbar machen. Nachdem beide ihn gefunden hatten, ließ er sich widerstandslos nach Hause tragen. Er schlief den gesamten folgenden Tag ohne Fressen durch.

Marco war sich sicher, dass Rufus nicht alleine zurück gefunden hätte. Seltsamerweise hatte Rufus seiner Schwester von diesem nächtlichen Ausflug nie etwas erzählt. Und war danach auch nie wieder abgehauen.

Rufus holte Paula aus ihren Gedanken an Kanalratten und deren Wanderungen in die Realität zurück, indem er fachmännisch verkündete: »Aber in diesem Jahr bleiben wir von Ratten verschont. Anne wird für die Vögel mehrere Futtersilos aufhängen. Da kommen die nicht ran.«

»Haben Ratten denn im Winter genug zum Fressen«?

»Mach' dir mal keine Sorgen um diese Typen. Die kommen im Winter und im Sommer bestens durch und haben sich mit dem Leben in der Stadt voll arrangiert. In früheren Zeiten haben wir sie einigermaßen in Schach gehalten.«

»Dann fressen Katzen, die draußen leben, Ratten?«

»Mäuse auf jeden Fall und kleinere Ratten. Für die

größeren Exemplare stellen wir zumindest eine Abschreckung dar. Es gibt ja auch noch Vögel.«

»Wenn wir beide wild leben würden, hätten wir dann Mäuse und Vögel auf unserem Fressplan? Mäuse finde ich ja OK. Aber die schönen Vögelchen tun mir leid.«

»Da hast du aber Glück gehabt. Uns serviert man heutzutage Truthahn, Thunfisch, Gans, Huhn und Rind. Manchmal mit Aloe Vera verfeinert. So jedenfalls steht es auf der Dose mit dem Fertigfutter.«

»Rind? Hat jemals eine Katze eine Kuh gekillt?«

»Grandioser Gedanke!« Rufus duckte sich, als ob er zu einem Riesenhochsprung ansetzen wollte und schaute Paula von der Seite an. »Und jetzt der Tötungsbiss. Roarrr! Spaß beiseite. Also zu unserem Speiseplan: Die für uns wichtigen Stoffe und Vitamine, die wir mit unseren Beutetieren in der freien Wildbahn aufnehmen würden, bekommen wir von Anne und Oliver mit optimalem Nährstoffprofil sozusagen frei Schälchen geliefert.«

»Essen Katzen auch Pflanzen?«

»Hat man dir irgendwann Grünzeug serviert?«

»Nö. Ich habe aber schon öfters in der Küche an Schnittlauch und Petersilie rumgeknappert. Und anschließend immer gekotzt.«

Rufus schüttelte den Kopf. »Na, super! Anne verdächtigt jedes Mal mich, wenn sie irgendwo im Haus Kotzspuren findet.«

»Was haben die Menschen denn so auf ihrem Speiseplan?«, nervte Paula.

»Die essen alles. Fleisch, Fisch, Meerestiere, Gemüse, Obst, Eier und so was. Ich will dich nicht schocken, aber in Südostasien werden hie und da auch Hunde gegessen. Schrecklich.«

»Und Katzen?«, zitterte Paula.

»Habe ich noch nicht gehört«, log Rufus. Er wollte Paula ihre gute Meinung von den Menschen lassen. Zwei große Nachrichtenmagazine hatten vor einiger Zeit unabhängig voneinander über Proteste in China gegen Restaurants mit Katzenfleisch auf der Speisenkarte berichtet.

»Wüssten Oliver und Anne das, wenn es das gäbe?«

»Bestimmt. Sie interessieren sich für Tiere in Not. Sie haben mehrere Katzenpatenschaften, und als Flugpaten haben sie neulich einen Hund aus Spanien mitgebracht.«

»Einen Hund? Warum lebt der nicht bei uns?«

»Wie gesagt, als Flugpaten nur für die reine Flugabwicklung. Der Hund ist jetzt in guten Händen.«

»Schade!« Paula hatte das mit den Flugpaten nicht verstanden, fragte aber auch nicht weiter.

»Hunde sind immer Chaos hoch drei. Vor allem brauchen wir in diesem Haus keine Konkurrenz.

Schon gar nicht von einem Hund. Die sind unsauber, schnuppern auf der Straße überall rum und stinken bei Regen.« Rufus schüttelte sich und beendete das Gespräch: »Ich habe Hunger.«

Er ging betont cool (warum gerade in diesem Moment?) in Richtung Küche.

Paula blieb am Terrassenfenster sitzen und sah Rufus verwundert nach. Sie befand sich in Hörweite zur Küche und hörte ihn kurze Zeit später murmeln: »Lecka, lecka, lecka.« Und ziemlich laut schmatzen.

Neugierig geworden, lief sie in die Küche und stellte erfreut fest: »Oh, es gibt ja Fressen. Und was gibt es Feines, kotz, würg ..?«

Rufus nahm eine Art erzieherische Haltung ein: »Ich muss doch sehr um Contenance bitten. Voilà: Menü aus Pute mit Huhn, dampfgegart und mit Aloe Vera verfeinert.«

Paula war fressbereit: »Geht doch!«

KATZENMUSIK

Paula hörte diesen weichen, angenehmen Klang schon eine Weile. Sie ging ihm nach und traf auf Oliver in der Bibliothek. Er saß mit einem Buch in seinem Sessel und hörte Musik.

Von Rufus wusste sie, dass Oliver gerne Musik hörte, zur Entspannung von der Schauspielerei oder auch als Untermalung beim Lesen. Sie bekam immer mit, wenn in der Bibliothek oder sonst wo im Hause Musik gespielt wurde. Sie nahm Musik als Geräusch wahr, das einfach da war. Heute hörte sie mehr. Heute war für sie Musik anders. Sanft und warm.

Oliver bemerkte Paula sofort. »Paula! Komm zu mir und höre, wie schön diese Musik ist.«

Paula sah Olivers einladende Handbewegung und sprang auf seinen Schoß. Da er in einem Sessel mit Fußhocker saß, konnte sie es sich auf seiner gesamten Beinlänge bequem machen.

»Ein Adagio. Aus einem Violinkonzert. Niemand spielt es so wie Anne-Sophie Mutter. Wie ein Engel.«

Paula verstand nichts weiter als dass seine Stimme sanft und warm wie die Musik klang und schaute ihn mit halbgeöffneten Augen an. Für Oliver ein deutliches Zeichen, dass sie sich in diesem Moment bei ihm sehr wohl fühlte. Er hatte das Gefühl, dass Paula wie er die Musik genoss.

Oliver dachte an Tatum, die kurz vor Ankunft von Rufus und Paula im beachtlichen Katzenalter von 25 Jahren gestorben war. Von seinem Sessel aus konnte er unten im Garten das rote Herz auf ihrem Grab sehen. Als Tatum noch lebte, hatte sie ein Lieblingsmusikstück. Immer wenn er das Adagio aus Mozarts Violinkonzert Nr. 3 in G-Dur auflegte, kam Tatum ganz langsam heran, setzte sich vor eine der Lautsprecherboxen und hörte gespannt zu. Ab dem dritten Satz, dem Rondo, verlor sie das Interesse und lief weg. Andere Musikstücke blieben bei ihr ohne Wirkung. Er hatte das mit mehreren Tests eindeutig herausgefunden.

Die Menschen neigen dazu, das Verhalten ihrer tierischen Hausgenossen nach ihren Maßstäben zu beurteilen. Auch Oliver hatte sich dabei ertappt, dass er so lange ruminterpretiert hat, bis es am Ende genauso hinhaute wie er es haben wollte. So könnte es auch mit Tatums und Paulas Verhältnis zur Musik sein. Dabei war es im Grunde egal, ob Paula die Musik »hört« oder aus einem anderen Grund vor der Box saß.

In diesem Augenblick war Oliver wieder einmal der Meinung, dass Paula und er (menschlich ausge-drückt) glücklich waren.

Ihre musikalische Zweisamkeit sollte allerdings nicht lange währen.

Rufus und Paula schliefen tagsüber nicht durch und waren unabhängig voneinander im Haus unterwegs, schauten aus dem Fenster in den Garten oder »halfen« Anne in der Küche. Bei diesen Hauspromenaden, wie Oliver sie nannte, liefen Rufus und Paula sich öfters über den Weg. So wusste jeder mehr oder weniger, wo der andere war.

An diesem Nachmittag hatte er seine Schwester längere Zeit nicht gesichtet. Kriegt Paula heimlich etwas zum Naschen? Hat sie ein neues Spielzeug entdeckt? Läuft da irgendeine skandalöse Bevorzugung ab? Einem solchen Verdacht musste er immer nachgehen. Als er im ersten Stock ankam, hörte er die Musik.

Wunderbares Violinkonzert. Das Adagio. Romantik. Nein, Hochromantik. Brahms oder Bruch, stellte er nach ein paar Takten fest.

Beim Einbiegen ins Studio fiel ihm sofort das tierisch-menschliche Gekuschel im Sessel auf. Bei dieser Musik durchaus zu verstehen, gab er zu.

Er machte einen kurzen, unauffälligen Schlenker zur CD-Hülle und sah sich in seiner Spontananalyse von eben bestätigt. Sie hörten das Violinkonzert D-Dur von Brahms.

»In diesem Adagio mischen sich die warmen Töne

der Violine und der Bläser in einer Weise, die uns Katzen besonders gefällt. Wir kriegen mit unserem Gehör locker Töne bis zu achtzigtausend Schwingungen pro Sekunde mit. Damit erschließt sich uns in idealer Weise die wunderbare Welt der Obertöne dieser Instrumente. Natürlich begrenzt auf das, was die Lautsprecher schaffen.«

»Nicht jetzt!«, raunzte Paula Rufus an, der unbeirrt fortfuhr: »Unsere wildlebenden Kollegen kommen fast auf hunderttausend, damit sie die Mäuse über ihre Pfeiftöne orten können. Sonst gibt's niente fressi! Die Menschen schaffen in ihrer besten Hörzeit schlappe zwanzigtausend. Und für Oliver dürfte in seinem Alter schon bei zehntausend Schluss sein. Die physikalische Einheit für Schwingungen ist übrigens Hertz.«

Paula fühlte sich durch die unverlangte Vorlesung gestört: »Lass mich die Musik hören. Theorie nachher!«

Oliver fand, dass sich seine beiden Musikfans gerade so intensiv angesehen haben, als ob sie miteinander sprächen. Spielt sich zwischen beiden mehr ab als Körpersprache?, dachte er und schaute beide nachdenklich an.

Die Solo-Violine schraubte sich (Rufus liebte diesen Ausdruck) in immer höhere Regionen und verhallte fast im Nichts. Rufus war hingerissen.

Paula erschrak, als der dritte Satz einsetzte. Sie fand die Musik trotzdem recht beschwingt und hörte eine Weile zu.

»Jetzt wird es mir doch zu laut.« Paula schaute Oliver zögernd an.

»Du bist wie Tatum. Ein zackiges Allegro gefällt dir auch nicht so toll oder?«

Rufus schaltete sich erneut ein: »Im klassischen Instrumental-Konzert, das in der Regel drei Sätze hat, reichen im letzten Satz die Tempi von Allegro bis Presto. Ich erwähne am Rande, dass Brahms für dieses Violinkonzert ursprünglich vier Sätze vorgesehen hatte. Hört ihr, wie Anne-Sophie die äußerst schwierigen Doppelgriffe und Skalierungssprünge meistert? Herrlich!«

Er machte mit seiner linken Pfote furiose Dirigierbewegungen zur Musik und rief begeistert: »Genial, diese überraschenden Taktwechsel!« und verlor das Gleichgewicht, fing sich aber sofort wieder.

»Rufus, was ist denn mit dir los?«, wunderte sich Oliver. »Du findest die Musik wohl im wahrsten Sinne des Wortes umwerfend …«

Rufus musste selber lachen. Eigentlich bevorzugte er eher Musik, die auf strengeren Gesetzen und Formen beruht: »Bach! Der Meister des Contrapunctus!«

Paula schaute Rufus erschrocken an und sprang mit

einem Riesensatz vom Sessel.

Im Hinauslaufen rief sie ihm zu: »Komm mit. Ich habe noch Fragen zu Musik.«

Rufus war über das Interesse seiner Schwester erstaunt und erfreut. Auf ihre Fragen war er vorbereitet. Das Grundwissen hatte er sich aus dem *ABC der Musik* angeeignet. Mit 486 Seiten kein sehr umfangreiches Nachschlagewerk, aber es hatte ihm ein solides Wissen über Musiktheorie, Formenlehre, Komponisten und deren wichtigsten Werke vermittelt.

Wollte er Einzelheiten oder interpretatorische Aspekte zu speziellen Werken wissen, knackte er die CD-Hüllen und las die Texte der Begleithefte.

Paulas Fragen sind bestimmt nicht allzu schwierig für mich, überlegte er. Und wenn ja, konnte er, wie bei Themen, über die er wenig wusste, einfach ein bisschen mogeln. Wer sollte das schon merken?

Da kam Paula schon angelaufen. »Was ist Musik?«, fragte sie erwartungsvoll und setzte sich genau vor ihn hin.

Oliver, der sich in der Küche ein Glas Rotwein geholt hatte, kam in die Bibliothek zurück und sah Rufus und Paula vor dem CD-Regal sitzen. Gucken die sich die etwa meine CDs an?, fragte er sich und wandte sich wieder seinem Buch zu.

»Also was ist jetzt?«, drängte Paula.

»Wir befinden uns hier vor Olivers CD-Sammlung. Es handelt sich also nicht um Bücher wie in dem Regal da drüben, sondern um Musikstücke. Wenn Oliver Musik hören will, legt er meistens eine dieser silbernen Scheiben auf, die in diesen bunten Hüllen stecken.«

»Das sind CDs in ansprechenden Jewel Cases«, ergänzte Paula betont beiläufig.

»Sehr gut!« Rufus schaute Paula verdutzt an.

»Warum hören die Menschen Musik? Wenn sie sich langweilen oder gerade nichts Besseres zu tun haben, können sie doch dösen, aus dem Fenster gucken wie wir oder lesen.«

»Das machen sie ja alles auch noch. Wie soll ich dir das erklären?« Rufus kratze sich nachdenklich mit der Zeigekralle der rechten Pfote an seiner Oberlippe.

»Jetzt kommt wieder der Herr Professor zum Vorschein, Übersprunghandlung inklusive«, stöhnte Paula.

Dieses Mal war Rufus vom Nachdenken ehrlich gestresst. Paula schaute ihn gespannt an.

»Erst zum Lesen. Vereinfacht gesagt: In Büchern sind Gedanken in schriftlicher Form enthalten. Die Inhalte der Bücher unterscheiden sich voneinander, weil die Verfasser verschiedene Ziele verfolgen. Ein Fachmann legt in Büchern sein Wissen nieder oder stellt Theorien auf. Oliver liest ein solches Fachbuch, wenn er sich über ein Theaterstück oder die wahren Hintergründe der letzten Wirtschaftskrise informieren will. Und dann gibt es Bücher, die ein Autor zur Unterhaltung geschrieben hat. Das sind zum Beispiel Romane oder Theaterstücke. Soweit ich das ermitteln konnte, liest man diese zur Entspannung.«

»Also haben Anne und Oliver mit Lesen genug zu tun. Warum noch Musik?«, bohrte Paula weiter.

»In der Musik werden andere Sinne angesprochen als beim Lesen. Der Unterschied liegt auf der Pfote: Musik hört man mit den Ohren. Bücher liest man mit den Augen. Natürlich ist das Gehirn in beiden Fällen voll beteiligt. Als Oberinstanz sozusagen. Oder ich sage es mal so: Das Wort erreicht den Verstand, Musik das Gefühl.«

Paula wurde unsicher: »Könnte ich von einem Buch genauso beeindruckt sein wie von dem Violinkonzert vorhin?«

»Im Endeffekt schon. Aber du müsstest erst lesen lernen oder ich müsste dir vorlesen. Musik brauchst du nur zu hören. Sie geht direkt ins Herz.«

»Ins Herz?«

»Ja, das sagen die Menschen so. Anatomisch völlig falsch, siedeln sie seit Jahrhunderten das Zentrum ihrer Gefühle im Herz an. Andererseits ist es richtig, dass sich Musik ohne Gefühle nicht entfalten kann. Egal ob es sich dabei um eine Fuge von Bach, ein supergeniales Opern-Sextett von Mozart, eine Symphonie von Bruckner oder die Ruhr-Hymne von Grönemeyer handelt. Ich wünsche mir so sehr, dass wir beim Hören von Musik auch dahin kommen. Wenn das für uns überhaupt erreichbar ist.« Rufus wirkte nachdenklich.

»Du hast einmal von Musik gesprochen, die die Seele berührt. Herz, Seele, wo ist der Unterschied?« Rufus hatte sich wieder gefangen: »Ich sehe die Seele eher im metaphysisch-religiösen Kontext. Die Menschen bringen Herz und Seele öfters durcheinander, zum Beispiel in der Oper. Und es passiert sogar Schriftstellern. Beide Begriffe halte ich aber nicht für austauschbar. Seltsamerweise sagen die Menschen über andere: Die sind ein Herz und eine Seele.«

»Wie jetzt?«

»Soll heißen: Die verstehen sich. Die sind unzertrennlich.«

»Wie wir beide?«

»Wie wir!«

»Soll das eine Art Sympathieerklärung sein?«

»Yep!«

Paula war gerührt und leckte Rufus dreimal über das linke Ohr.

»Jetzt zurück zum Thema. Was ist Musik?«

»Zunächst einmal gibt es viele Arten von Musik. Unser Ausgangspunkt war heute die sogenannte Klassische Musik. Sie wird von vielen Menschen als kulturell wertvoller angesehen als beispielsweise Popmusik oder Jazz.«

»Und ist sie es?« Paula wirkte sehr interessiert.

»Nicht in dieser absoluten Konsequenz. Ich bin eher für eine Unterteilung in handwerklich gut oder schlecht gemachte Musik. Oliver sieht das auch so. Sein Musikgeschmack geht, grob gesagt, von Monteverdi bis Rammstein. Das hat er einmal so gesagt. Finde ich gut, diesen Ansatz. Ob es jetzt unbedingt Rammstein sein muss, lasse ich mal dahingestellt.« Rufus musste lachen. Wenn Oliver eine Rammstein-CD spielte, verließ Paula fluchtartig das Studio und lief bis ganz unten in den Flur.

Rufus gefiel von Rammstein nicht alles, aber *Mein Herz brennt* in der Version mit René Pape fand er toll. »Nun liebe Kinder gebt fein acht …« Rufus schüttele sich: »Richtig schön gruselig.«

Paula wurde zusehends unaufmerksamer.

»Jetzt zu deiner Frage, was Musik ist. Ich habe Folgendes rausgekriegt. Musik beruht auf klaren physikalischen Grundlagen. Da sind zunächst Klänge und Töne, die in zueinander definierte Verhältnisse gebracht werden. Anschließend ordnet man sie in ein System von tiefen bis hohen Tönen. Das ist das Tonmaterial, die Basis. Wenn man Musik macht, erzeugt man Töne mit der menschlichen Stimme oder einem Musikinstrument und gestaltet deren Höhe, Dauer und Lautstärke unterschiedlich. Und schon haben wir eine Grundform: die Melodie. Die Menschen machen das nach diesem Prinzip mehr oder weniger perfekt seit ein paar Tausend Jahren. Natürlich hat sich das alles entwickelt vom ersten Ton aus einer nordischen Lure über den Gregorianischen Gesang bis zur heutigen komplexen Welt der Orchester und der elektronischen Musik.«

»Ich habe gesehen, wie Anne auch mal Töne mit dem Mund gemacht hat. Das klang sehr schön.«

»Man nennt das Singen. Die menschliche Stimme halte ich übrigens für das vollkommenste aller Instrumente. Selbst die Königin der Instrumente, die Orgel, hat ein Register »vox humana«.

Rufus hatte das Gefühl, dass sich Paula für solche Einzelheiten nicht interessierte und machte einen Vorschlag: »Oliver spielt ab und zu die *Vier Letzten Lieder* von Strauß. Ich hole dich mal dazu. Die sind genial! Kompositorisch und was die Sängerin betrifft. In diesem Falle Jessye Norman.

Ein abschreckendes Beispiel für Gesang hatte Rufus auch parat: »Wenn Oliver im Keller einen Wagner-Rappel kriegt und die Winterstürme dem Wonnemond weichen, merkst du den Unterschied …«

Paula, die dieses Opern-Zitat offensichtlich nicht verstanden hatte, fragte weiter: »Können Katzen singen?«

»Wir singen nicht in dem eben geschilderten Sinne, haben jedoch durchaus stimmliche Möglichkeiten, uns zu äußern.

»Und wie klingt das?«

»Na ja. Es ist eine Frage des Maßstabes. Bei differenzierter Betrachtung finde ich es soweit in Ordnung. In Frühlingsnächten klingt das nicht einmal schlecht. Die Menschen verkennen das und fühlen sich in ihrem Schlaf gestört. Und jetzt der Gipfel: Wenn sich jemand auf der Geige einen abmüht, nennen sie es Katzenmusik. Ein unglaublich arroganter Vorgang!« Rufus war sehr ungehalten.

»Rufus, Paula! Wollt ihr noch einmal das Adagio hören? Dann kommt schnell zu mir«, rief Oliver aus dem Studio und erwartete eigentlich keine Reaktion.

»Sollen wir oder sollen wir nicht? Theoretisch haben wir Oliver ja nicht verstanden«, gab Rufus zu bedenken.

»Und praktisch will ich den Brahms noch mal hören«, und schon war Paula auf dem Weg.

»Brahms ist OK. Wagner und Bruckner wäre mir heute zu laut. Ich komme später nach, Paula.«

Rufus wusste natürlich, dass es bei beiden Komponisten auch himmlisch lyrische Stellen gab. Sorry, Richard! Sorry, Anton!

Als Paula in der Bibliothek ankam, setzte gerade die Violine ein.

Oliver freute sich: »Da bist du ja. Ich wusste, dass dir diese Musik auch gefällt.« Sie ist wegen der Musik gekommen! Oliver war sich ganz sicher.

Paula setzte sich in der Mitte zwischen beiden Boxen hin. Dies sollte nach Rufus der ideale Hörplatz sein.

Kurz darauf kam ihr Bruder um die Ecke geschlichen und murmelte philosophisch vor sich hin: »Menschen denken doch manchmal gar nicht so falsch, wenn es darum geht, was wir so denken.«

Paula war von der Musik hingerissen und verdrehte die Augen. Beim zweiten Hören fand sie die Musik sogar noch schöner.

Vielleicht sollte ich Paula gelegentlich die *Kunst der Fuge* von Väterchen Bach erklären, nahm sich Rufus vor. Da herrscht Strenge der Form, glasklare Struktur und Genie. Nicht zu vergessen der Contrapunctus. Er hatte dabei eine Schallplatte im Sinn, die Oliver vor kurzem aufgelegt hatte. Bei dieser Aufnahme verklangen die Stimmen nacheinander wie im Nichts. Und zwar genau an der Stelle, an der das Schicksal dem schwerkranken Bach (wie es prosaisch heißt) die Feder aus der Hand genommen hatte. Auf ewig vom großen Meister unvollendet, stellte Rufus traurig fest und wandte sich wieder der Musik von Brahms zu. Wie aus der Ferne nahm er die auf- und absteigenden wunderschönen Sech-zehntel-Sextolen der Violine wahr.

Paula beobachtete, wie sich die Schnurrhaare ihres Bruders leicht nach oben bewegten. Er lächelt, dachte sie.

Rufus wurde länger und länger. Und schlief ein.

Cat 2.0

Ein ziemlich hoher und durchdringender Ton in der Nacht ließ Rufus nicht schlafen. Er kommt von einem technischen Gerät, stellte er fest. Seit er zum Thema Hörvermögen erfahren hatte, dass das mittelalte Hauskatzenohr höchste Frequenzen wahrnehmen kann, hörte er im Haus ständig irgendetwas. Alles Hochfrequente, das er bisher kaum beachtet hatte, wurde sofort zur Chefsache und damit superwichtig. Ein willkommener Anlass, einen Inspektionsgang durch das Haus zu machen. Auf dieser Tour ging er systematisch von unten nach oben vor.

Schleudergang der Waschmaschine im Keller ausgeschaltet. Trockner nicht in Betrieb. Heizung unkritisch. Spülmaschine aus. Kein Klirren von Geschirr durch Vibrationen des Kühlschranks. Weinklimaschrank extrem leise. Letzteren hatte Oliver zum Heiligtum erklärt, und für Rufus bestand ein Dauerverbot, sich an ihm zu schubbern. Rufus hatte diesen cleanen Schrank bisher nicht einmal beachtet. Aber jetzt, wo es ausdrücklich verboten war … Er schlängelte sich kurz daran entlang (zweimal Schubbern gönnte er sich trotzdem) und setzte seine Tour fort.

Keller, Wohn- und Schlafsektor im grünen Bereich,

stellte Rufus fest. Vielleicht kommt das Geräusch von ganz oben aus dem Studio? Er machte sich auf den Weg.

Ursache erkannt: Oliver hatte vergessen, seinen Rechner auszuschalten.

Der Bildschirmschoner produzierte seine langweiligen Muster. Rufus wusste, dass er den Rechner jederzeit mit der Entertaste aus seinem Schlummer wecken konnte. In Vorbereitung eines schon länger geplanten Solo-Ausflugs in das Internet hatte er Oliver oft beobachtet und sich die einzelnen Schritte am Rechner genau gemerkt.

»Mein Projekt startet genau jetzt!«, sagte er mit militärischer Stimme und drückte entschlossen die Entertaste.

Die Desktop-Oberfläche erschien. Ab jetzt musste Paula mithelfen. Er würde es nicht allein schaffen, die Maus zu bewegen und gleichzeitig auf die rechte oder linke Maustaste zu klicken. Ihr wollte er sowieso einiges zum Thema Herkunft der Katzen zeigen. So konnte er Paula eine solide Gegenleistung für ihre Hilfe bieten – eine typische Win-Win-Situation also.

Paula stand in diesem Moment schon in der Studiotür: »Was schleichst du so spät durch Nacht und Wind?«

»Ich bin der Erlkater.« Rufus reagierte damit auf

Paulas Anspielung. Er hatte ihr vor zwei Tagen den *Erlkönig* vorgelesen.

Paula war aber zu weiteren literarischen Scherzen nicht aufgelegt: »Was machst du an Annes PC?«

»Ich will dir die virtuelle Welt der Rechner zeigen«, wollte er Paulas Neugierde wecken.

»Du meinst wohl das World Wide Web«, präzisierte sie und landete einen Volltreffer.

»Mensch Paula, du bist ja voll auf dem Laufenden.«

»Bei diesem Lehrmeister!«

Paulas Worte verfehlten ihre Wirkung nicht. Rufus richtete sich mit einem kurzen Ruck auf. Mit wie wenig Worten man doch einen Kater stolz machen kann, dachte sie und fragte sich, was jetzt hier oben im Studio auf dem Programm stand.

»Ehrlich gesagt, brauche ich deine Hilfe für die Bedienung des Rechners. Siehst du hier die Maus?« Rufus zeigt auf ein diskret blinkendes, formschönes Rechneraccessoire.

»Was? Dieses Ding heißt Maus? Das ist ja witzig! Ich soll mit dir zusammen eine Maus anfassen?«

»Nenne das Teil wie du willst. Wir kommen da aber nicht herum«, legte Rufus fest und dachte an das Sonntagmorgen-Fernsehen.

Nach Paulas mausfeindlicher Reaktion hielt er es für unangebracht zu erwähnen, dass er einen großen Teil seines Wissens über die praktischen Dinge des Lebens, technische Zusammenhänge und Produktionsverfahren durch die *Sendung mit der Maus* erworben hatte.

Rufus jedenfalls schätzte die Folgen mit dem klugen Nager sehr. Zwar konnte er die Sendung nur sehen, wenn Charlotte und Emma zu Besuch waren, aber die beiden schauten sich zusätzliche DVDs an, so dass Rufus wesentlich mehr mitbekam als nur die aktuellen Sonntagfolgen.

Die Ironie des Schicksals blieb: Eine Maus erklärt einem Kater die Welt!

»Also Paula, pass auf! Setze dich bequem auf den Schreibtisch, damit du im Gleichgewicht bist. Auf dieser Unterlage verschiebst du dann die Maus abwechselnd mit der linken oder rechten Pfote nach rechts, links, nach oben oder unten. Ich gebe die Richtung an, verfolge den Cursor und sage die weiteren Kommandos an. Bei Stopp machst du nichts mehr. Dann steht der Cursor genau da, wo er sein soll, und ich klicke mit der Pfote auf die Maustaste. Und Schuss! Mal sehen, wie wir das hinkriegen.«

»OK!« Ob das gut geht, dachte Paula.

Sie war stolz, dass sie ihrem Bruder helfen konnte.

Rufus stand mit den Hinterpfoten auf dem Bürostuhl und stütze sich mit der linken Pfote auf dem Schreibtisch ab. Die rechte schwebte zwei Zentimeter über der Maus.

»Start jetzt!« Rufus gab die Kommandos, und seine Pfote folgte den Mausbewegungen.

Es klappte besser als erwartet. Gut, dass Oliver eine getrennte Tastatur hatte. Die Tasten waren größer und verbesserten so die Treffsicherheit für Katerpfoten. Darüber hinaus konnte Rufus sich die Tastatur auf dem Schreibtisch in die für ihn komfortabelste Position schieben.

Nach ein paar Übungen zur Koordination ihrer Bewegungen und einigen Fehlklicks landeten sie bei Google Earth und Rufus fragte Paula: »Willst du immer noch sehen, wo wir herstammen? Vielleicht sehen wir das Haus in Toulouse, in dem unsere Mama uns zur Welt gebracht hat.«

Ohne Paulas Antwort abzuwarten, tippte Rufus den Suchbegriff ein: "14 rue des gestes"+toulouse.

Ein Klick, und das Satellitenbild erschien. Zu zweit war das Zoomen und Schwenken des Bildes nicht einfach, aber schließlich von Erfolg gekrönt: Das Display zeigte die Nummer 14 und die Straße in vollem Sonnenschein. Hinter den Häusern mit ihren blauen Fensterläden waren sogar ein paar Bäume in den Höfen zu erkennen. Und die Dächer, auf denen ihre Mama sich so wohl fühlte.

Paula schaute gebannt auf das Display. »Toll, dass man das alles sehen kann, ohne dort zu sein. Juhu, unsere Heimat!«

»Sachte, sachte. Da haben wir gerade mal fünf Monate gelebt. Unsere Heimat ist jetzt hier. Wir fühlen uns bei Anne und Oliver doch sehr wohl oder? Toulouse, die rosarote Stadt, ist nur ein Relikt aus unserer Vergangenheit. Nicht mehr und nicht weniger. Alles andere ist mir zu sentimental«, überspielte er die bei ihm aufkommende leichte Rührung.

»Noch was, Paula. Die Satellitenbilder stellen nicht unbedingt die aktuelle Situation dar. Oliver hatte mir vor ein paar Tagen unser Haus rangezoomt. Davor war immer noch der BMW-Kombi zu sehen, den wir seit drei Jahren nicht mehr haben. Schau dir die Straße an. Wir haben jetzt Oktober. Selbst in Toulouse kann um diese Uhrzeit die Sonne nicht so hell scheinen. Quod erat demonstrandum.«

Paula nickte einfach. Das war ihr zu hoch. Und Latein konnte sie auch nicht.

Sie hatte schon etwas ganz anderes im Sinn: »Erinnerst du dich, dass du mir etwas zu unserer richtigen Herkunft zeigen wolltest. Geht das auch mit der Maus wie eben?«

»Klaro. Ich möchte mir vorher noch kurz den Ort Gimont anschauen, weil Oliver damals unsere Mama und Geraldine dort hingebracht hatte.« Ruck zuck hatte er das Luftbild des Ortes aufgespielt.

»Da gibt es eine Menge Bauernhöfe und viel Federvieh. Gimont ist eine der Hochburgen für Gänseleber.«

»Essen die Menschen nur die Leber und die Gänse nicht?«, fragte Paula interessiert.

»Doch, doch. Von Tieren wird alles gnadenlos verwertet. Bei Gänsen wandern die Federn und die Daunen ins Bettzeug und das Fleisch auf den Tisch. Knochen und Innereien außer der Leber kommen ins Tierfutter. Ich erspare dir Einzelheiten, wie bei den Gänsen die Leber durch gezielte Überfütterung künstlich krank gemacht wird und dadurch ein Mehrfaches ihrer natürlichen Größe erreicht. Sie gilt als besondere Delikatesse. Ich wünsche allen, die diese gastronomische Ausgeburt essen, guten Appetit. Und ein schlechtes Gewissen dazu. Oliver isst so etwas natürlich nicht.«

»Und Anne?«

»Sie ist aus dem Elsass. Lassen wir das mal zu ihrer Entschuldigung gelten«, nahm Rufus Anne in Schutz.

»Und was machen Mama und Geraldine in Gimont?«

»Sie halten dort die Mäuse und Ratten in Schach. Sehr zur Freude der Bauern, denn wo Federvieh ist, gibt es eine Menge Getreide.«

»Dann haben sie ja ein schönes Leben. Aber jetzt

will ich endlich etwas zu unserer Herkunft erfahren. Die mit den vielen Tausend Jahren.«

»Dazu müssen wir die Website wechseln. Achtung! Ist der Maus-Operator bereit?«

»Sir, yes Sir!«, rief Paula mit gepresster Stimme. Sie imitierte Rufus, der vor einiger Zeit im Fernsehen einen amerikanischen Militärfilm gesehen hatte und von den »Sir, yes Sir!«-Rufen der Rekruten total begeistert war. Bis spät in die Nacht hörte Paula immer wieder dieses »Sir, yes Sir!« und sah, wie er jedes Mal eine stramme Haltung einnahm. Spinner!

Mittlerweile waren sie bei Google und dem Thema Katzen angelangt. Ein gewisses Grundwissen hatte Rufus sich mit der *Großen Kulturgeschichte der Katzen* in der Bibliothek bereits angeeignet. Insofern konnte auch er noch etwas dazulernen.

»Ich zeige dir jetzt ein paar Abbildungen. Hier! Grrr. Das ist eine Säbelzahnkatze. Ein Urahn, wenn auch nicht in direkter Linie. Aber beeindruckend.«

»Wow! Was für lange Eckzähne! Das soll eine Katze sein?«, erschrak Paula.

»Evolutionsgeschichtlich schon. Die gehörten zu den bekanntesten Säugetieren der Urzeit. Sie gab es schon vor über sechzehn Millionen Jahren, sind in Europa aber vor etwa zehntausend Jahren ausgestorben. Du denkst aber sicher an Katzen, die ähnlich wie wir mit den Menschen zusammengelebt haben.«

»Ja, so wie wir mit Anne und Oliver leben.«

Rufus wandte sich wieder dem Rechner zu. Mit ein paar Klicks war er am Ziel: »Diese Karte zeigt, wo Wissenschaftler im heutigen Israel neuntausend Jahre alte Katzenknochen gefunden haben. Sie sind sich allerdings nicht sicher, ob es sich wirklich um domestizierte Katzen oder wilde Katzen handelt.«

»Und wieso?«

»Wilde und zahme Katzen waren sich im Körperbau ziemlich ähnlich. Es könnte daher gut sein, dass sich wilde Katzen wegen der Getreidevorräte nur zufällig in der Nähe der Siedlungen aufgehalten haben und keine Hauskatzen in engeren Sinn waren.«

Rufus sah, dass sich Paula ehrlich bemühte, seinem Gedankengang zu folgen, und fasste zusammen: »Ich selbst setze den Beginn der Hauskatzenära da an, wo überzeugende Belege für das Zusammenleben von Katzen und Menschen gefunden wurden.«

»Belege?«

»Irgendwann haben die Menschen kapiert, dass wir für sie nützlich waren und machten uns zu ihren Hausgenossen. Gleichzeitig begannen sie, Katzen auf Wandzeichnungen und Inschriften oder als Skulpturen darzustellen. Das war bei den Ägyptern vor rund dreitausend Jahren der Fall. Voilà, ein Beleg!«

Paula sah eine Katzenskulptur und war fasziniert. Sie konnte alles ziemlich gut erkennen, da es sich um eine typische Katzenhaltung handelte.

»Das ist die Katzengöttin Bastet. Stellvertretend für alle Katzen verehrten die Ägypter sie so, dass sie ihr zu Ehren sogar Tempel bauten.«

»Die sieht ja aus wie ich! Nur die Ohren sind etwas siamartig!« rief Paula und ging näher an das Display heran. Das mit der Verehrung und den Tempeln hatte sie nicht ganz verstanden. Es war ihr auch egal.

»Glück gehabt, kleine Bastet, dass du Rufus nicht ähnlich siehst«, lachte Paula.

»Kann sie ja auch nicht! Die Siamesen kamen erst spät im 19. Jahrhundert aus Asien nach Europa.«

»Ich bin also afrikanisch-europäisch?«

Rufus war genervt. »Ja, nordafrikanisch. Im Laufe der Jahrhunderte haben sich die Katzen von dort aus mit den Römern, Griechen und Kelten in ganz Europa verbreitet. Allerdings war unser Verhältnis zu den Menschen, gelinde ausgedrückt, sehr wechselhaft. Im Mittelalter hatten es die Katzen sehr schwer. Als Abgesandte des Teufels und Vertraute der Hexen wurden sie über Jahrhunderte verfolgt. Schwarze Katzen galten als Unglücksbringer. Heute noch sind viele Menschen abergläubisch und erwarten ein Unglück oder Missgeschick, wenn ihnen eine schwarze Katze über den Weg läuft. Sorry Paula!«

»Ich bringe Oliver und Anne jedenfalls nur Glück. Und du auch. Ich glaube, sie sind auch ganz happy, dass sie uns haben«, protestierte Paula.

»Da hast du recht. Und wir haben es gut.« Jedenfalls verglichen mit unseren Kollegen im Mittelalter und den Scheußlichkeiten asiatischer Speisekarten, dachte Rufus.

»Hier noch einmal zur Illustration Fotos anderer größerer und kleinerer Verwandten von uns. Löwe, Tiger, Leopard, Panther und Luchs. Achte auf die unterschiedlichen Fellmuster.«

»Nicht so schnell!« Paula brauchte Zeit, um alles zu betrachten.

»Und hier eine Fischkatze aus Südostasien.«

»Die Ohren! Hast du die Ohren gesehen, Rufus?«

»Die liegen dicht am Kopf an. Sie suchen sich ihr Fressen an Land, tauchen aber auch nach Fischen. Dafür haben sie sogar Schwimmhäute an den Pfoten.«

»Fische fressen OK. Aber im Wasser rumschwimmen, brrr.« Paula schüttelte sich.

Rufus hatte weitere Fotos angeklickt, doch Paulas Interesse ließ nach.

»Wir sind jetzt mit den Bildern durch. Ich möchte noch kurz eine Liste erstellen. Dazu muss ich in ein Textverarbeitungsprogramm«, beendete Rufus den Ausflug in die Welt der Katzen.

Paula, die jetzt zusätzlich die Tasten für Groß- und Kleinschreibung betätigte, machte auch hier ihre Sache gut.

Rufus haute routiniert in die Tasten. »So, jetzt noch ausdrucken – fertig.«

Der Drucker fuhr gerade aus dem Standby-Modus hoch, als die Haustür ging. Oliver und Anne kamen unerwartet früher vom Einkaufen zurück!

Anne rief schon beim Hineinkommen: »Wo ist denn das Begrüßungskommittee? Rufi, Paula, wo seid ihr?«

Im Studio brach Panik aus. Brutaler Abbruch des Rechners.

Paula war als erste auf dem Weg nach unten.

Rufus sprang vom Bürostuhl und folgte ihr.

»Ich muss vor dem Essen noch kurz ins Studio.« Oliver war schon auf der Treppe nach oben, wo er Rufus begegnete.

Er will an den Rechner, schoss es Rufus durch den Kopf. Meine Liste liegt im Drucker. Mist! Rufus sah keine Chance, dieses Blatt Papier unbemerkt vom Drucker zu angeln.

Trotzdem lief Rufus nach oben. Er wollte dabei

sein, wenn Oliver das corpus delicti findet. Als er ins Studio einbog, hatte Oliver das Blatt schon in der Hand: »Was ist das denn für eine Aufstellung? Wer hat die denn ausgedruckt?«

Olivers Stimme klingt doch recht entspannt, machte sich Rufus Mut und wartete auf die Reaktion von Anne, die gerade im Studio ankam.

»Kennst du diese Liste?«

»Nein. Komisch«, sagte Anne zögernd und las vor:

Gelesen (außer Nachschlagewerke):
Faust - Der Tragödie 1. Teil (J.W. v. Goethe)
Panorama des zeitgenössischen Denkens (Gaetan Picon)
Russendisko (Wladimir Kaminer)
Nichts als die Wahrheit (Dieter Bohlen)
Das Kommunistische Manifest (Karl Marx)
Sternstunden der Menschheit (Stefan Zweig)
Warten auf Godot (Samuel Beckett)
STRIZZ (Volker Reiche) - nur Herr Paul
Latein ist tot, es lebe Latein (Wilfried Stroh)
Goethe und Schiller (Rüdiger Safranski)

Unbedingt noch lesen:
Einführung in das Christentum (Joseph Ratzinger)
Wer bin ich - und wenn ja, wie viele? (Richard D. Precht)
Lohn der Angst (Georges Arnaud)
Grimms Märchen

Mittlerweile war Paula im Studio eingetroffen.

Jetzt ist das Quartett komplett, dachte Rufus und verkroch sich sicherheitshalber unter dem Schreibtisch.

»Was ist denn hier los?«, fragte Paula.

»Oliver hat meine Liste gefunden.«

»Und weiß er, dass du sie geschrieben hast?«

»Woher denn?« Rufus duckte sich wieder.

Oliver, der mittlerweile auch einen Blick auf die Liste geworfen hatte, resignierte: »Es gibt halt Dinge, die muss man nicht verstehen.«

Anne sah Rufus und Paula scharf an: »Habt ihr damit etwas zu tun?« Sie war sich der Sinnlosigkeit ihrer Frage bewusst. Katzen und eine Liste aus dem Rechner!

Keine Reaktion aus der Unterwelt.

»Nichts anmerken lassen. Nur lieb gucken«, flüsterte Rufus wie ein Bauchredner durch die geschlossenen Lippen.

»He! Ihr da unten seid gemeint.«

Anne und Oliver blickten in hinreißend unschuldige Minen, die sie von Vorfällen mit Schäden an Fußmatten, Tapeten und fehlenden Lachsscheiben kannten.

Oliver und Anne verließen ratlos das Studio.

»Gut, dass wir undercover sind.« Paula zwinkerte Rufus zu.

»Das kannst du laut sagen!« Rufus kugelte sich vor Lachen.

»Sehr witzig.«

Wenn Katzen prustend lachen könnten, hätte man genau das von Rufus und Paula in diesem Moment hören können.

Anne hatte für Rufus und Paula Hähnchenbrustfilet vorbereitet, das beide geräuschvoll verzehrten. Sie hatte es ziemlich eilig, denn sie musste wegen einer EU-Konferenz über Innovationen in der Landmaschinentechnik verreisen.

Rufus und Paula schätzten Annes beruflichen Abwesenheiten sehr, denn diese waren immer mit einem außergewöhnlichen Speisenangebot verbunden. Sie hatten schon vermutet, dass Anne damit unbewusst ihren armen, alleingelassenen Schätzchen etwas Gutes tun wollte.

»Schlechtes Gewissen finde ich super«, unterbrach Rufus das gefräßige Schweigen. Er war als erster fertig und begann, gründlich wie immer, seine Katerwäsche.

Er erinnerte sich, dass Anne ihre Enkelinnen Charlotte und Emma vor dem Schlafengehen öfters zurief: »Und keine Katzenwäsche!«

Rufus hatte noch nie einen Menschen gesehen, der sich so gründlich und mit solchem Körpereinsatz gewaschen hätte wie eine Katze. Sogar die Reihenfolge der Pfoten und die Art der Bewegungen sind bei Katzen genetisch vorprogrammiert. Natürlich wusste er, dass die Menschen zum Waschen über äußerst effektive Sanitäreinrichtungen verfügten, die die notwendigen Wasch- und Streichbewegungen erheblich reduzierten. Und sie hatten sogar Wasser, das für ihn allerdings evolutionsgeschichtlich nicht infrage kam. Schon beim Gedanken an »nass« schüttelte er sich bis in die Schwanzspitze und lief die Treppe zum Studio hinauf.

Paula war in der Küche immer noch am Fressen.

Oliver hatte an diesem Abend Besuch von einem Kollegen. Sie helfen sich bestimmt beim Textlernen, dachte Rufus. Er leistete Oliver beim Rollenstudium oft Gesellschaft. Oliver saß dabei in seinem Sessel, sprach leise vor sich hin und schaute ab und zu in das Textbuch. Oder er ging im Studio umher, dann aber überwiegend ohne Buch.

Vor einiger Zeit hatte Oliver die Rolle des Lucky in *Warten auf Godot* einstudiert. Sein Text war an einem Stück und ziemlich lang. Rufus fand, dass die Sätze keinen Sinn machten. Ständig irre Wiederholungen. Und Sportarten, die er überhaupt nicht kannte. Tennis auf Tannen! Er hatte sogar den Verdacht, dass der Autor den Text mit Absicht so geschrieben hatte. Absurd! Gut gefiel ihm die Stelle, an der Oliver nach vielem Hin- und Herlaufen plötzlich stehenblieb und laut ausrief: »ohne Schuhe in Oldenburg.« Schade, dass er bei der Aufführung nicht live dabei sein konnte.

Rufus hatte selbst erfahren, wie schwierig das Lernen von Rollentexten ist. Er hatte versucht, die ersten zwanzig Zeilen des berühmten Faustmonologes »Habe nun, ach!« auswendig zu lernen. Er wollte Paula beeindrucken, stellte aber schnell fest, dass Katzen diese Fähigkeit anscheinend nicht besaßen.

»Dafür kann Oliver nach einem Sturz aus sieben Metern Höhe nicht auf seinen Füßen landen«, tröstete er sich.

Paula hatte immer noch keine Lust, ins Studio zu kommen. Rufus rollte sich in seiner Ecke ein und ließ die beiden Schauspieler agieren. Er döste vor sich hin, bis er Oliver zwei Sätze sagen hörte. Die konnte er behalten und startete ins Erdgeschoss.

»Paula! Höre diesen Text. Er ist genial. Diese beiden Sätze eröffnen uns ein ganzes Universum.«

Paula kannte das. Die Begeisterung ihres Bruders hatte sie in ähnlichen Situationen aber noch nie so richtig mitreißen können.

»Also das Zitat?«, forderte Paula cool.

»Das Gesetz hat zum Schneckengang verdorben, was Adlerflug geworden wäre.«

»Und?«

»Jetzt kommt's: Das Gesetz hat noch keinen großen Mann gebildet, aber die Freiheit brütet die Kolosse und Extremitäten aus!« Rufus war begeistert.

»Verstehe ich nicht.«

»Paula, das ist ein Loblied auf die Freiheit! Sturm und Drang! Sätze aus dem Munde des Karl Moor. Es ist die Zeit der absoluten Fürsten! Dieser Mut wird das Katzentum voranbringen.«

Paula sah wie Rufus' Augen himmelblau wie nie zuvor aufblitzten.

Sie verstand Rufus nicht: »Aber wir sind doch frei. Wo sind denn hier Fürsten, die uns unterdrücken könnten?«

»Hm. Eigentlich nirgends. Anne und Oliver sind OK. Du hast recht. Sorry, ich bin immer noch von meinem Trip in den Sturm und Drang begeistert. Ich habe mich vor kurzem intensiv mit Schiller und seiner Zeit beschäftigt. Das war eine Epoche! Da war Courage gefragt. Im Don Karlo ruft Marquis de Posa: ›Sire, geben Sie Gedankenfreiheit!‹ Toll! Allerdings hat sich da der gute Fritz vertan!«

»Fritz?«

»Friedrich Schiller.«

»Wie so vertan?«

»Die Gedanken sind immer frei. Es muss heißen: ›Sire, geben Sie Meinungsfreiheit!‹ So hätte zumindest ich es formuliert.«

»Ich sehe dich schon als gestiefelten Kater auf der Bühne rumballern«, lachte Paula.

»Und mit diesen meinen Krallen werde ich für eine freiheitliche Katzengrundordnung kämpfen. Freiheit ist der Katzen Unterpfand!«

»Du redest schon wie dieser Karl Moor.«

»Echt? Das war eben von mir. Und das klingt für dich wie Schiller? Cool!«

»Na ja, war ganz schön geschwollen. Pardon, ungewöhnlich. So reden wir beide doch sonst auch nicht. Apropos: Wie reden denn Oliver und Anne miteinander? Auch so wie der Karl Moor?«

»Nein!« Rufus nahm eine unangenehm arrogante Haltung ein. »Die sind doch keine Dichter!«

»Und du auch nicht! Komm mal runter und erkläre mir, was es mit Sprache auf sich hat. Auch wir sprechen doch miteinander?«

»Langsam. Das ist zunächst eine Frage der Sprachebenen und des Wortschatzes. Wenn sich Oliver und Anne unterhalten, ist Umgangssprache angesagt. Wenn Oliver mit seinem Schauspieldirektor spricht, wird er um eine etwas gewähltere Sprache kaum herumkommen. Aber Goethe, Schiller, Rilke, Thomas Mann, Walser und Herta Müller sind Dichter und Schriftsteller. Das ist Literatur – die höchste Ebene!« Rufus' Augen blitzen wieder auf.

Paula war beeindruckt: »Wer kann denn überhaupt sprechen?«

»Ganz einfach: Wir beide sprechen miteinander.

Die Menschen sprechen miteinander. Und mit uns. Aber wir können nicht mit den Menschen sprechen.«

»Warum eigentlich nicht? Das wäre doch schön.«

»War in der Evolution nicht vorgesehen.« Rufus hatte keine plausiblere Antwort parat.

»Das ist mir zu ungenau. Wenn die Menschen sprechen, klingt das anders, als wenn wir sprechen. Warum ist das so?«, motzte Paula.

»Wir haben eine andere Sprache als die Menschen. Bei uns läuft vieles intuitiv ab. Wir setzen auf Körpersprache. Auf unsere Augen, Ohren, auf die Bewegung des Körpers und des Schwanzes. Allein an der Schwanz-Zuck-Geschwindigkeit kann ich ablesen, wie ungeduldig du bist. So etwas relativ Einfaches verstehen die Menschen natürlich auch.«

»Und unser Miau?«

»Das wollte ich gerade erwähnen. Unsere Miau-Laute sehe ich als eine Art Sprache der Hauskatzen, um mit den Menschen fast schon verbal zu kommunizieren. Das ganze Register lernen wir von klein auf, denn so haben wir uns untereinander und mit unserer Mama verständigt. Später wenden wir diese Sprache im Umgang mit den Menschen an. Wir sehen darin unbewusst noch ein Kind-Mutter-Verhältnis, weil wir von ihnen Fressen kriegen, gestreichelt und gepflegt werden. Es ist quasi die

Fortführung unserer Babysprache. Und den Menschen scheint das zu gefallen. Also machen wir auf dieser Wellenlänge weiter«, sagte Rufus verschmitzt.

»Apropos Babysprache von Anne und Oliver. Du hattest dich einmal bei mir darüber beschwert«, wollte Paula wissen.

»Erinnere mich ja nicht daran. Das ist Babysprache hoch drei. Die reden manchmal in einem total komischen Tonfall mit uns von Fresschen, Hungerchen, sauberchen machen, hoppihopp, Rufilein und so was.«

»Ist doch nett oder?«

»Und ich reagiere sogar darauf. Sie meinen, dass ich sie so besser verstehe, als wenn sie normal mit mir reden würden.« Rufus grinste.

»Wissen die Menschen eigentlich, dass Katzen miteinander sprechen können?«

Rufus wurde ernst: »Nein. Sie wissen vieles, aber eben nicht alles. Sie haben selbst mit ihren manchmal grausamen Versuchsmethoden und Skinnerkästen nicht herausgekriegt, wie perfekt wir miteinander sprechen. Sie ahnen es nicht einmal …«

»Du hattest mir doch einmal aus einem Katzenbuch das Kapitel ›Was will mir meine Katze sagen‹ vorgelesen. Stimmt das alles etwa nicht?«

»Vieles stimmt schon. Aber es gibt auch eine Menge Vermutungen und widersprüchliche Theorien. Nichts für ungut ihr menschlichen Forscher, aber wir Katzen sind eben unfassbar.« Rufus konnte sich ein diabolisches Lachen nicht verkneifen.

»Weil wir geheimnisvolle Wesen sind?«, wollte Paula wissen.

»Ja. Und wir werden das auch bleiben. Ich liebe es, Oliver und Anne immer wieder vor neue Rätsel zu stellen.«

»Ist das nicht ein bisschen gemein?«

»Nein, im Gegenteil. Ich meine das doch nett. Es ist Ausdruck unserer Sympathie für sie. Und im Geheimnisvollen steckt der Zauber. Wie bei den Menschen untereinander.«

»Sturm und Drang, ne?«

»Nein, Paula! Das ist Romantik pur!« Rufus wurde kategorisch: »Sie dürfen nie erfahren, dass Katzen untereinander sprechen können. Sonst ist der Reiz hin.«

»Aye, aye Sir. Wir bleiben undercover!«, sagte Paula militärisch knapp.

Rufus war gerührt. Er hatte vor kurzem in einem Trickfilm gesehen, wie ein Kater seine rechte Pfote auf die Schulter einer Katze legte und dabei versonnen in den Horizont schaute. Eine solche Pose bekam er mit seinen vierzehn Jahren schon rein schultergelenktechnisch nicht mehr hin. Sichtbar besser gelang ihm ein visionärer, verwegener Gesichtsausdruck: »Blicken wir in eine wunderbare, gemeinsame Zukunft!«

»Wo soll ich hingucken?«

»Geradeaus, Paula. Unsere Zukunft liegt vor uns!«

»Mit dir immer! Wird aber anstrengend.«

»Trotzdem. Wir beide. Ein Herz und eine Seele!«

EPILOG EINS

Als Paula im darauffolgenden Sommer am Spiegel im Flur vorbeilief, schaute sie zufällig nach rechts und erschrak: »Nein, nein, nein! Das darf nicht sein!«

Schnell lief sie zu ihrem roten Sessel. Dort fühlte sie sich sicher.

Ich werde Rufus nichts sagen, was ich im Spiegel gesehen habe, sagte sie zu sich selbst. Mehrmals. »Einer von dieser Sorte im Haus reicht!«

Sie rollte sich entschlossen zum Schlafen ein.

Wer Paula ganz nahe war, konnte an der Bewegung der Schnurrhaare ein leichtes Augenzwinkern erkennen und blickte in die schönsten grünen Katzenaugen der Welt.

EPILOG ZWEI

Rufus war nach dem heimlichen Lesen der Korrekturfahnen dieses Buches mit zahlreichen Passagen offensichtlich nicht einverstanden.
An den von ihm beanstandeten Stellen waren deutliche Kratzspuren zu erkennen.

Um der wahrheitsgetreuen Schilderung der Ereignisse willen konnte sich der Autor jedoch nicht entschließen, diesen Wünschen nachzukommen.